Bianca

D1089772

MAGIA Y DESEO
Louise Fuller

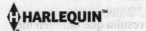

HARLEQUIN™

Editado por Harlequin Ibérica.
Una división de HarperCollins Ibérica, S.A.
Núñez de Balboa, 56
28001 Madrid

© 2019 Louise Fuller
© 2019 Harlequin Ibérica, una división de HarperCollins Ibérica, S.A.
Magia y deseo, n.º 2725 - 4.9.19
Título original: Demanding His Secret Son
Publicada originalmente por Harlequin Enterprises, Ltd.

I.S.B.N.: 978-84-1328-132-2
Depósito legal: M-26404-2019
Impreso en España por: BLACK PRINT
Fecha impresion para Argentina: 2.3.20
Distribuidor exclusivo para España: LOGISTA
Distribuidor para México: Distibuidora Intermex, S.A. de C.V.
Distribuidores para Argentina: Interior, DGP, S.A. Alvarado 2118.
Cap. Fed./Buenos Aires y Gran Buenos Aires, VACCARO HNOS.

MIXTO
Papel procedente de
fuentes responsables
FSC® C108412
www.fsc.org

Este libro ha sido impreso con papel procedente de fuentes certificadas según el estándar FSC, para asegurar una gestión
responsable de los bosques.

Capítulo 1

TEDDIE Taylor se inclinó hacia delante y sacó las tres cartas dándoles la vuelta al instante y tapándolas con la mano mientras las recolocaba. Sus ojos verdes no daban pistas sobre su emoción, ni tampoco el salto que le dio el corazón cuando el hombre que estaba sentado frente a ella señaló con seguridad la carta de en medio.

Gruñó cuando ella le dio la vuelta y alzó las manos en un gesto de derrota.

–Increíble –murmuró.

Edward Claiborne se puso de pie y extendió la mano con una sonrisa satisfecha.

–No te imaginas lo contento que estoy de tenerte a bordo –clavó los ojos azules en el rostro de Teddie–. Estoy deseando tener un poco de magia en mi vida.

Ella sonrió. En otro hombre más joven o menos cosmopolita habría sonado un poco fuera de lugar. Pero sabía que Claiborne estaba demasiado bien educado para decir o hacer algo inapropiado como coquetear con una mujer a la que le doblaba la edad y a quien acababa de ofrecer un trabajo en su prestigioso y nuevo club privado.

–Yo también lo estoy deseando, señor Claiborne. No, por favor –le detuvo cuando iba a meter la mano en el bolsillo de la chaqueta–. Esto es cosa mía –señaló el café–. Ahora es usted un cliente.

Al verle alejarse para ir a hablar con alguien en el bar del hotel, Teddie aspiró con fuerza el aire y se sentó resistiendo la urgencia de ponerse a cantar una marcha victoriosa. ¡Lo había conseguido! Finalmente había captado a un cliente que veía la magia como algo más que un entretenimiento para una fiesta.

Se reclinó en la butaca y se permitió disfrutar de aquel momento. Aquello era lo que Elliot y ella estaban buscando, pero ese nuevo contrato valía más para ellos que un cheque. Claiborne era la quinta generación de una familia rica de Nueva York, y una recomendación de su parte le daría a su negocio la clase de publicidad que no se podía pagar con dinero.

Sacó el móvil y marcó el número de Elliot. Respondió al instante, casi como si hubiera estado esperando su llamada… y por supuesto, así era.

–Qué rápido. ¿Cómo ha ido?

Sonaba como siempre, hablando con aquel acento despreocupado de la Costa Oeste que podía confundirse con lentitud o falta de entendimiento. Pero Teddie lo conocía desde que tenía trece años y captó la tensión de su tono de voz. Era comprensible. Un trabajo de tres noches por semana llevando magia e ilusionismo al recién estrenado Castine Club no solo aumentaría sus ingresos, también significaría que podrían contratar a alguien para la administración del día a día.

–¡Es nuestro!

–¡Viva! –exclamó Elliot triunfante–. Lo sabía.

Una de las cosas que más le gustaban de su socio y mejor amigo era que siempre tenía fe en ella, incluso cuando no estaba justificado.

–¿Qué te parece si os llevo a George y a ti este fin de semana a La Parrilla de Pete para celebrarlo?

–Genial –Teddie frunció el ceño–. Una cosa, ¿por qué estamos hablando? Creí que la razón por la que yo tenía que hacer esto era porque tú tenías una reunión.

–Sí… de hecho, estoy yendo para allá. Luego nos vemos.

Colgó y Teddie pensó con una sonrisa que su compañero tenía razón, deberían celebrarlo. Y a George le encantaba la Parrilla de Pete.

Sintió que se le encogía el corazón al pensar en su hijo. Sentía por él un amor completo y absoluto. Desde el momento en que lo tomó en brazos nada más nacer su corazón se hizo esclavo de sus grandes ojos oscuros. Era perfecto, y era suyo. Y tal vez si aquel trabajo iba bien en un par de años podrían celebrarlo allí.

Teddie se reclinó en la butaca de suave cuero que seguramente costaba más que su coche y miró a su alrededor. Bueno, quizá allí no. El hotel Kildare era nuevo y estaba completamente fuera de su alcance. Exudaba una mezcla de confort de la vieja escuela y diseño vanguardista que le habría resultado intimidatorio si no fuera por su sensación de euforia.

Miró de reojo hacia donde Claiborne estaba charlando con alguien y sintió que se le aceleraba el pulso. Ella también debería estar allí haciendo nuevos contactos. No hacía falta que fuera demasiado obvio, solo tenía que pasar al lado de su nuevo jefe sonriendo y sin duda le presentaría a su acompañante.

No podía ver la cara del hombre, pero incluso desde lejos eran tangibles su elegancia y la confianza en sí mismo. A contraluz, al lado del enorme ventanal, con el sol rodeándole, parecía una figura mítica. El efecto resultaba irresistible e hipnotizador, y a juzgar por las miradas furtivas de los otros huéspedes, ella no era la única que lo pensaba.

Y entonces, cuando empezó a recoger las cartas que todavía estaban esparcidas por la mesa, se dio cuenta de que Claiborne estaba haciendo gestos en su dirección. Los labios de Teddie se curvaron automáticamente en una sonrisa cuando el hombre que estaba al lado de su nuevo jefe se giró hacia ella.

La sonrisa se le congeló en la cara.

Tragó saliva. Sintió el corazón latiéndole con fuerza. De hecho, todo su cuerpo parecía haberse convertido en piedra. La euforia de unos instantes atrás parecía ahora un recuerdo lejano.

No, no podía ser. Aquello no podía estar pasando. Él no podía estar allí.

Pero lo estaba. Y, peor todavía, le estrechó la mano a Claiborne, se excusó y se dirigió hacia ella con paso firme y aquella familiar mirada oscura clavada en ella. Y a pesar de la alarma que sonó en su interior, Teddie no podía apartar los ojos de aquel rostro frío y hermoso ni de su cuerpo firme y musculado.

Durante una décima de segundo le vio cruzar el bar y entonces el corazón empezó a latirle como una apisonadora y supo que tenía que moverse, que correr, salir huyendo. Tal vez no fuera lo más digno, pero le daba igual. Su exmarido, Aristotle Leonidas, era la última persona del mundo a la que quería ver, y mucho menos hablar con ella. Había demasiadas historias entre ellos, no solo un matrimonio fallido, sino también un hijo de tres años del que él no sabía nada.

Agarró el resto de las cartas y trató de meterlas en la caja. Pero el pánico la volvió más torpe de lo habitual y se le cayeron de las manos, desparramándose por el suelo en todas direcciones.

–Permíteme.

Si ya había sido un shock verle al otro lado del bar, tenerlo tan cerca era como si le hubiera alcanzado un rayo. Le habría resultado más fácil si le hubiera salido barriga, pero no había cambiado en absoluto. Si acaso estaba más atractivo que nunca.

Con el pulso acelerado, Teddie se preparó para mirarle a los ojos.

Habían pasado cuatro años desde que él le rompió el corazón y le dio la espalda al regalo de su amor, pero ella nunca le había olvidado ni le había perdonado por borrarla de su vida como si fuera un correo electrónico basura. Pero estaba claro que había subestimado el impacto de su voz ronca y seductora. ¿Qué otra razón había para que el corazón le brincara como un potro salvaje? Solo era el impacto, se dijo. Obviamente no esperaba volver a verlo después de cuatro años.

Apartó de sí el recuerdo del momento en que la abandonó y frunció el ceño.

–No hace falta. Puedo yo sola.

Él la ignoró, se agachó y empezó a recoger las cartas una a una metódicamente.

–Toma –dijo incorporándose para darle el mazo. Pero Teddie se lo quedó mirando en tensión, reacia a arriesgarse a que hubiera el menor contacto físico entre ellos.

La irracional respuesta de su cuerpo al escuchar de nuevo su voz le hizo darse cuenta de que a pesar de todo lo que había hecho todavía existía una conexión entre ellos, el recuerdo de lo que una vez hubo entre ellos, lo bonito que fue…

Trató de ignorar tanto aquel inquietante pensamiento como la atracción de su mirada y se sentó.

Quería marcharse, pero para hacerlo tendría que pasar por delante de él muy cerca, y sentarse le pareció el menor de los males. Él ocupó la silla que Claiborne había dejado vacía.

—¿Qué estás haciendo aquí? —le preguntó Teddie con tirantez.

Tras su ruptura, él se mudó a Londres, o eso fue lo que le dijo a Elliot cuando fue a recoger sus cosas. El apartamento no formaba parte de su acuerdo de divorcio y Teddie siempre dio por hecho que lo habría vendido. Aunque lo cierto era que no necesitaba el dinero, y seguramente tampoco conservaba malos recuerdos de él porque nunca estaba allí.

—¿En Nueva York? —preguntó él a su vez recorriéndole el rostro con la mirada—. Vivo aquí. Otra vez —añadió encogiéndose de hombros.

Teddie tragó saliva y sintió una punzada al pensar en él regresando a su hogar y sencillamente retomándolo donde lo habían dejado. Deseó que se le ocurriera algo devastador que decirle, pero eso implicaría que le importaba, y por supuesto eso no era así.

Observó con recelo cómo le deslizaba la baraja por la mesa. Su exmarido captó la expresión de su rostro y dijo entre dientes:

—No sé por qué me miras así. Soy yo quien debería estar preocupado. O al menos debería vigilar mi muñeca.

Aristo apretó los dientes al ver la furia surgir en sus preciosos ojos verdes. Seguía siendo tan obstinada como siempre, pero agradecía que no hubiera tomado las cartas directamente de sus manos. Si las hubiera tenido libres se habría sentido tentado a estrangularla.

No vio a Teddie cuando entró en el bar, en parte porque no llevaba el cabello castaño oscuro suelto por los hombros como la última vez que la vio, sino recogido en la nuca. Y principalmente porque, sinceramente, no esperaba volver a ver a su exmujer. Sintió una punzada de dolor en el corazón.

Pero ¿por qué tenía que ser así? Theodora Taylor lo había engatusado cuatro años atrás con sus ojos verdes, sus largas piernas y su actitud reticente. Había entrado en su vida como un huracán, interrumpiendo su calma y su ascenso a la estratosfera financiera, y luego desapareció igual de rápido dejándole la cuenta del banco vacía y el corazón roto como único vestigio de sus seis meses de matrimonio.

Aristo le lanzó una mirada implacable. Teddie se había llevado algo más que su dinero. Le había robado el latido del corazón y la poca confianza que tenía en las mujeres. Había sido la primera vez que bajó la guardia llegando incluso a honrarla con su apellido, pero ella solo se había casado con él con la esperanza de que el dinero y las conexiones de Aristo fueran un escalón hacia una vida mejor.

Por supuesto que no se dio cuenta hasta que regresó de un viaje de negocios y descubrió que se había marchado. Hundido y humillado, se refugió en el trabajo y dejó atrás aquel desastroso episodio. Hasta que hacía un momento se había tropezado con Edward Claiborne. Lo conocía y le gustaba su seguridad en sí mismo y su cortesía de la vieja escuela.

Ahora observó en silencio a Teddie, sintiéndose seguro al saber que su gesto externo no revelaba la batalla que rugía en su interior. La cabeza le decía que solo había una cosa que podía hacer. Un hombre cuerdo y sensato se levantaría y se marcharía de allí. Pero la cordura y la sensatez nunca habían formado parte de su relación con Theodora Taylor, y estaba claro que nada había cambiado… porque a pesar de saber que era el mayor error de su vida, siguió sentado. Bajó la mirada hacia la muñeca y alzó el labio en un gesto despectivo.

–No, sigue aquí. Quizá debería ver si todavía tengo la cartera. O llamar a Edward Claiborne y asegurarme de que él tiene todavía la suya. Sé que solo habéis tomado un café, pero siempre fuiste muy rápida. Lo sé por experiencia.

Teddie sintió que se le calentaban las mejillas. Su rostro era impenetrable, pero el desprecio de su voz era obvio. ¿Cómo se atrevía a hablarle así, como si ella fuera la mala cuando era él quien la había apartado de su vida sin decir una palabra?

Aunque lo cierto era que nunca había estado en su lista de prioridades. Seis meses de matrimonio le habían dejado claro que Aristo no tenía tiempo en su vida para una esposa. Incluso cuando ella se marchó e iniciaron los trámites de divorcio, Aristo se comportó como si nada hubiera pasado. Y, sin embargo, toda su indiferencia y su negligencia no pudieron prepararla para cómo se comportó al final.

Acostarse con él aquella última vez fue un error.

Con las emociones exacerbadas tras una reunión para hablar de su divorcio, acabaron en la cama y Teddie terminó embarazada. Solo que, cuando se dio cuenta de que el cansancio y las náuseas no eran síntomas de estrés, el divorcio estaba firmado y Aristo se había ido al otro lado del mundo, a trabajar a Europa. Pero para Teddie era como si se hubiera ido al espacio exterior.

Recordó sus repetidos y desesperados intentos por ponerse en contacto con él y sintió que se le ponía la espalda rígida. Deseaba desesperadamente decirle que estaba embarazada, pero su absoluto silencio le dejó muy claro que no solo no quería hablar con ella, sino que no quería escuchar nada que tuviera que decirle. Fue tras una llamada a su oficina de Londres, cuando una secretaria la atajó de no muy buenas maneras, cuando decidió que hacer lo correcto no iba a funcionar.

Desde luego con sus padres no sirvió.

A veces era mejor enfrentarse a la verdad aunque fuera dolorosa, y la verdad era que su relación con Aristo tenía unos cimientos muy poco sólidos. A juzgar por el desastre que había sido su matrimonio, quedaba claro que no tenía la fuerza suficiente para afrontar un embarazo no deseado.

Pero fue duro. El rechazo de Aristo le rompió el corazón y las repercusiones de su breve y condenado matrimonio habían durado más que sus lágrimas. Incluso ahora seguía teniendo tanto recelo de los hombres que apenas había salido con nadie desde que se separaron. Debido a la actitud despreocupada de su padre respecto a la paternidad, le costaba trabajo creer que pudiera ser alguna vez algo más que una aventura pasajera para ningún hombre. El cruel rechazo de Aristo había confirmado aquel miedo profundo.

Sentía mucho cariño por Elliot, pero como una hermana. Aristo era el único hombre al que había amado jamás. Fue su primer amante, y no solo eso, sino que además le había enseñado todo sobre el placer. Alzó los ojos verdes hacia los suyos. No solo el placer. Debido a él se había convertido en una autoridad en el sufrimiento y el dolor.

Entonces, ¿qué le daba exactamente el derecho a estar allí delante con aquel gesto despectivo en su rostro irritantemente bello?

De pronto se alegró de no haberse marchado. Apretó los puños y le miró.

–Creo que tu memoria te está jugando una mala pasada, Aristo. El trabajo ha sido siempre lo tuyo, no lo mío. Y no es asunto tuyo, pero Edward Claiborne es un hombre muy generoso. Se mostró encantado de pagar la cuenta.

Sabía cómo sonaba, pero no era mentira del todo. Edward se había ofrecido a pagar. Y, además, si con eso Aristo se sentía un poco mal, ¿por qué no hacerlo? Tal vez no la considerara digna de atención y compromiso, pero Edward se había mostrado encantado de regalarle su tiempo y su compañía.

–Y eso es lo que te importa a ti, ¿verdad, Theodora? Que te paguen las facturas aunque eso signifique llevarte lo que no es tuyo.

A Aristo no le importaba el dinero, lo que ella se había llevado no fue demasiado para su multimillonario patrimonio. Pero en su momento le dolió, sobre todo porque dejaba en evidencia lo estúpido que había sido. Por alguna razón desconocida no había cancelado sus cuentas comunes inmediatamente después del divorcio, y Teddie no tardó en aprovecharse. Pero no tendría que haberle sorprendido. Por muy mimadas que estuvieran, las mujeres nunca tenían suficiente. Lo aprendió a los seis años, cuando su madre encontró a un hombre más rico que su padre y con título nobiliario.

Pero saber que Teddie había empleado su «magia» con Edward le dolió, y por muy infantil que fuera, quería hacerle daño.

Ella entornó la mirada.

–Era mío –afirmó con vehemencia–. Era nuestro. En eso consiste el matrimonio, Aristo. Se trata de compartir.

Él la miró con desesperación. La brevedad de su matrimonio y la firme determinación de su equipo legal habían asegurado que la pensión de Teddie fuera mínima, pero ya era más de lo que se merecía.

–¿Es eso lo que te dices a ti misma?

Teddie sintió que se le erizaba el vello de la nuca al verle sacudir la cabeza lentamente.

–El hecho de que fuera una cuenta común no te daba derecho a vaciarla.

–Si tanto te molestaba podrías haber hablado conmigo –le espetó ella–. Pero yo no era más que tu mujer… ¿por qué ibas a querer hablar conmigo?

–¡No digas tonterías! –contestó él–. Claro que hablaba contigo.

–Hablabas conmigo de trabajo. Nunca de nosotros.

Nunca del hecho de que llevaran vidas prácticamente separadas, dos desconocidos que compartían cama, pero nunca una comida o una broma.

Al escuchar la emoción en su propia voz, Teddie se detuvo de golpe. ¿Qué sentido tenía tener aquella conversación? Llegaba cuatro años tarde, y su matrimonio no fue demasiado importante para Aristo si solo quería hablar ahora de la cuenta del banco.

¿Y tanto le sorprendía? Toda su vida había estado dedicada a hacer dinero. Aspiró con fuerza el aire.

–Y en cuanto al dinero, tomé lo que necesitaba para vivir.

«Para cuidar de nuestro hijo», pensó con una repentina punzada de rabia. Un hijo que incluso antes de su nacimiento había sido relegado a un segundo puesto.

–No voy a disculparme por eso, y si para ti supone un problema deberías haber dicho algo en su momento, pero dejaste muy claro que no querías hablar conmigo.

Aristo se la quedó mirando y sintió furia en su interior. En su momento vio su actitud como una prueba más del mal ojo que tenía. Una prueba más de que las mujeres que aparecían en su vida terminarían dándole la espalda tarde o temprano.

Pero no iba a revelar sus motivos para guardar silencio. ¿Por qué debería hacerlo? No fue él quien rompió el matrimonio. No necesitaba dar explicaciones.

El corazón empezó a latirle rítmicamente dentro del pecho, y una antigua sensación de impotencia y amargura le formó un nudo en el estómago. Teddie tenía razón. Tenía que haberse enfrentado a aquello años atrás, porque aunque había conseguido borrarla de su corazón y de su casa nunca logró eliminar la sensación de traición.

Pero ¿cómo iba a hacerlo? Su relación terminó tan rápido y tan abruptamente que no hubo tiempo de encararla adecuadamente.

«Hasta ahora».

Teddie se lo quedó mirando en un silencio angustiado cuando él se reclinó y estiró las piernas. Unos momentos atrás había deseado arrojarle la existencia de George a la cara. Pero ahora sentía el pánico subiéndole por la piel al pensar en lo cerca que había estado de revelar la verdad.

—Pues hablemos ahora —dijo él haciendo un breve gesto con la cabeza a un camarero que pasaba por allí y que se acercó con una rapidez casi cómica.

Teddie estuvo a punto de reírse, aunque era más triste que divertido. Aristo no quería hablar ahora como no quiso hacerlo cuatro años atrás. Nada había cambiado.

—Un expreso y un americano, por favor —pidió sin

mirarla. Y el hecho de que todavía recordara cómo le gustaba el café y la arrogancia de pensar que quería uno sin preguntarle hizo que le dieran ganas de gritar.

–No voy a quedarme –afirmó con frialdad. Sabía por experiencia que el poder de persuasión de Aristo era incomparable, pero en el pasado le amaba. Ahora, en el presente, no iba a permitir que la acorralara–. Y no quiero hablar contigo –afirmó.

Él se encogió de hombros con una sonrisa burlona.

–Entonces yo hablaré y tú puedes escuchar.

Teddie se quedó callada mientras el camarero les servía los cafés con gesto nervioso.

–¿Desea algo más, señor Leonidas?

–No, gracias –Aristo sacudió la cabeza.

Teddie sintió una punzada de irritación en el pecho. Siempre era igual, Aristo tenía aquel efecto en la gente. Cuando se conocieron, ella se metía con él. Se suponía que ella, la maga, debía ser el centro de atención, pero Aristo exudaba una mezcla de poder, belleza y vitalidad que creaba un campo de atracción irresistible a su alrededor.

Se le debía de notar en la cara, porque cuando Aristo levantó la taza de café se detuvo a medio camino.

–¿Hay algún problema con el café? Puedo devolverlo si quieres.

Teddie sacudió la cabeza con desesperación.

–Sé que debe de ser difícil para ti desconectar del trabajo, pero este no es uno de tus hoteles.

Aristo se reclinó en el asiento y alzó la copa a los labios sin dejar de mirarla.

–Lo cierto es que sí lo es –afirmó–. Es el primero de una nueva línea que estamos probando. Elegancia tradicional y una sostenibilidad impecable.

Maldiciéndose a sí misma, a Aristo y a Elliot por no haber sido capaz de organizar su horario, Teddie se incorporó.

—Siéntate —le pidió él

Sus miradas se encontraron.

—No quiero.

—¿Por qué? ¿Te da miedo lo que pueda pasar si lo haces?

«¿Se lo daba?».

Teddie sintió que el calor se extendía por su cuerpo y de pronto se sintió mareada. En el pasado estuvo entregada a él. Era todo lo que había deseado en un amante y en un hombre. Al sentirse atrapada en la brillante oscuridad de su mirada se había sentido deseada. Y ahora, cuando el calor se extendía hacia fuera, se veía obligada a aceptar de nuevo que, aunque le odiara, su cuerpo seguía reaccionando a él del mismo modo, ajeno a la lógica e incluso al más mínimo instinto de conservación.

Horrorizada por la revelación de su continua vulnerabilidad, o tal vez de su estupidez, Teddie alzó la barbilla, entornó los ojos y tensó los músculos como si se estuviera preparando para el combate.

—Yo no tengo miedo, pero tú deberías. A no ser que te guste llevar el traje con manchas de café.

Los oscuros ojos de Aristo brillaron traviesos.

—Si quieres que me desnude no tienes más que decirlo.

Aristo era increíble e injusto al hacer aquella referencia tan obvia a su pasado sexual. Pero a pesar de la rabia, Teddie sintió una punzada de deseo. Igual que aquella noche cuatro años atrás, cuando su cuerpo la traicionó.

Le dio un vuelco el corazón. ¿Cómo pudo permitir

que pasara algo así? Tan solo unas horas antes estaban discutiendo sobre el divorcio. Teddie sabía que no la amaba y sin embargo se había acostado con él.

Pero nunca podría lamentar completamente su estupidez porque aquella noche había concebido a George. Miró fijamente a Aristo.

–No te deseo en absoluto –mintió–. Y no quiero tener contigo una conversación estúpida sobre un café.

Aristo alzó las manos en un gesto de rendición.

–De acuerdo, de acuerdo. Mira, esto es difícil para los dos, pero compartimos una historia. Si el destino ha decidido reunirnos podríamos dejar nuestras diferencias atrás por los buenos tiempos –murmuró con suavidad–. Creo que podríamos dedicar unos minutos a ponernos al día.

Teddie sintió que el corazón empezaba a latirle con fuerza. Si solo fuera el pasado lo que compartían… pero no era así, y ocultarle aquel hecho a Aristo le estaba resultando más difícil de lo que nunca imaginó.

Pero ¿cómo iba a decirle la verdad, que tenía un hijo de tres años llamado George al que no conocía? Contuvo la respiración y trató de imaginar cómo iniciar aquella conversación. Y cómo terminaría. Pero lo más importante era, ¿por qué iba a contárselo? Su matrimonio había sido muy corto, pero duró lo suficiente para que supiera que en la vida de su exmarido no había sitio más que para su trabajo. Y al haber recibido de niña únicamente la atención intermitente de su padre, sabía exactamente lo que suponía ser un plato secundario en la comida principal, y no estaba dispuesta a que su hijo pasara por lo mismo.

–Acabo de decirte que no me quiero quedar –pero

cuando alzó la mirada hacia sus ojos oscuros sintió una punzada de pánico, porque eran fríos y duros y acompañaban la expresión de su rostro.

—No te estaba dando opción.

Teddie notó que palidecía.

¿De verdad había dicho lo que creía que había dicho?

—¿Qué se supone que quiere decir eso? —olvidó al instante el pánico debido a la furia que se apoderó de ella—. Solo porque este hotel te pertenezca no significa que tengas que actuar como un déspota —le espetó—. Si quiero marcharme, lo haré, gracias, y no hay nada que tú puedas hacer al respecto.

Aristo se la quedó mirando en silencio. ¿Era aquella la razón por la que había forzado su compañía en lugar de simplemente retirarse? ¿Para forzar una confrontación de manera que, a diferencia de durante su matrimonio, fuera él quien dictaminara cuándo tenía que irse ella? ¿Sanaría aquello la herida todavía sangrante de su traición, la sospecha de que había sido utilizado como un juguete hasta que apareciera algo o, mejor dicho, alguien mejor?

Aristo se encogió de hombros.

—Supongo que eso depende de cómo te marches y cuánto valores tu reputación. Que te saque el equipo de seguridad de una estancia llena de gente puede hacerte bastante daño— se reclinó en el asiento y alzó una ceja—. No me puedo imaginar qué pensará tu nuevo jefe cuando se entere.

—No te atreverías —murmuró ella.

Los ojos de Aristo no se apartaron de los suyos.

—Ponme a prueba.

Aristo podía ver el conflicto en su mirada, la frustración y el resentimiento luchando contra la lógica y la resignación… pero sabía que la batalla ya estaba ganada. Si fuera a marcharse, ya estaría de pie.

Vio con inmensa satisfacción cómo apoyaba la espalda recta en el respaldo. Aquello no se trataba de venganza, pero no pudo evitar que una sonrisa triunfal le curvara los labios.

–Entonces… –hizo un gesto hacia el mazo de cartas–, por lo que veo sigues siendo maga.

Teddie se quedó mirando las cartas. Para cualquier otra persona su comentario podría haber sonado inocente, nada más que una muestra de educado interés sobre cómo se ganaba la vida un ex. Pero ella no era cualquier persona, había sido su esposa y Aristo podía sentir el resentimiento de su voz porque lo había oído con anterioridad.

Era otro recordatorio de cómo había fracasado su matrimonio. Y por qué tendría que haberse enfrentado con anterioridad a él en lugar de fingir que su matrimonio nunca había tenido lugar. Había sido muy fuerte en lo que se refería a su hijo, pero una cobarde para enfrentarse a Aristo.

Pero tenía una buena razón para no querer hacerlo. Muchas, de hecho.

Tras el fin de su matrimonio él se mostró frío y distante y, más tarde, Teddie se encontraba muy mal con el embarazo, y luego, cuando se sintió bien de nuevo, George ya había nacido y… y aquella era otra conversación.

De pronto fue consciente de la mirada de Aristo clavada en ella y le dio un vuelco el corazón. Tenía que dejar de pensar en George o se le iba a escapar algo.

–Sí –dijo secamente–. Sigo siendo maga, Aristo. Y tú sigues con tus hoteles.

El pulso le latía muy deprisa. ¿De verdad quería él estar allí sentado mientras ella fingía hablar en términos educados? Sintió de pronto las manos húmedas y se las frotó. Estaba claro que sí. Pero Aristo no tenía ningún secreto que ocultar.

–En general, sí, pero he diversificado mis intereses –la miró–. Debes de haberlo hecho muy bien. Edward Claiborne no sale con frecuencia de su zona de confort. ¿De qué le conoces?

Teddie se encogió de hombros.

–Elliot y yo hicimos un par de espectáculos de magia el año pasado durante unos actos solidarios y él estaba allí.

Aristo la miró con frialdad.

–¿Trabajas con Elliot?

Por alguna razón, su modo desafiante de asentir provocó en él una punzada de celos. En su cabeza se la había imaginado sola, sufriendo como él. Y ahora parecía que no solo había sobrevivido, sino que además había prosperado con Elliot.

–Montamos un negocio juntos. Él se encarga de la administración y las cuentas y yo hago la magia.

Aristo sintió otra punzada de irritación… casi de dolor. Sabía que Teddie nunca había tenido una relación romántica o sexual con Elliot, pero la había apoyado, y aquel fue en el pasado su trabajo. Ya era bastante malo que su hermanastro, Oliver, le hubiera desplazado en el afecto de su madre. Ahora al parecer también Elliot le había usurpado el de Teddie.

–Si no recuerdo mal, no era precisamente un hombre de negocios –dijo con frialdad.

Teddie sonrió por primera vez desde que se había sentado y al ver que se le suavizaba la mirada, Aristo tuvo que reprimir el deseo de acariciarle la mejilla, porque en el pasado sus ojos se suavizaban así con él.

–No, pero es mi mejor amigo y confío en él –se limitó a decir Teddie–. Y eso es lo que importa.

Le resultaba tentador mentir, decir que había encontrado el amor y una pasión inimaginable en brazos de Elliot, pero solo serviría para parecer triste y desesperada.

–Supongo que lo que importa es el beneficio, ¿no? –Aristo alzó una ceja.

Teddie siempre había sabido que aquella era su visión, pero el comentario le dolió más de lo que debería porque era la razón por la que su hijo crecería sin padre.

–Hay cosas más importantes que el dinero, Aristo –afirmó apretando los dedos.

–En los negocios no –respondió él.

Teddie le miró y lo odió a él y a su estúpida manera de ver la vida, pero se odió más a sí misma porque todavía le importara lo que él pensara.

–En la vida hay algo más que los negocios. Hay sentimientos y personas, amigos, familia… –se detuvo, la emoción de su voz resonaba en el interior de su cabeza. Alzó la mirada y vio que Aristo la estaba mirando impasible.

–Tú no tienes familia –le dijo.

Era una de las pocas cosas de su vida que había compartido con él, que era huérfana. Teddie parpadeó. Estaba a punto de decirle que era la madre de su hijo, pero se contuvo. Teniendo en cuenta cómo se había comportado y cómo seguía haciéndolo, no le debía la verdad.

Pero George era su hijo. ¿No se merecía saberlo?

Se le paró el corazón y durante un instante no pudo

respirar. Sintió que se le encogía el estómago. Deseó poder desaparecer con la misma facilidad con la que hacía desaparecer relojes y carteras y se forzó a mirarle a los ojos.

–No, no la tengo –mintió.

Y de pronto supo que tenía que marcharse de allí porque quedarse significaría más mentiras y no podía hacerlo, no quería mentir sobre su hijo.

Y tampoco podía seguir mintiéndose a sí misma.

Hasta aquel día había querido pensar que había superado lo de Aristo. Pero cuando miró sus distantes y oscuros ojos el dolor de la farsa surgió en ella y de pronto necesitó asegurarse de que aquello no volviera a pasar nunca.

Había cometido el error anteriormente de dejarle entrar de nuevo en su vida, de seguir al corazón y no a la cabeza. Y aunque no se arrepentía porque eso significaba que tuviera a su hijo, tras aquella noche había aceptado no solo que su matrimonio había terminado, sino que era mejor así.

Alzó la barbilla. Aquella sería la última vez que se vieran. Se aclaró la garganta.

–Por muy fascinante que sea esta conversación, creo que no tiene sentido que sigamos con ella –dijo–. La charla sin más, cualquier charla, de hecho, no fue nunca tu punto fuerte.

Aristo le sostuvo la mirada.

–¿Te niegas a hablar conmigo?

–Sí –Teddie metió la mano en el bolsillo, sacó un cuadernito de notas y escribió algo en él. Luego arrancó la página y la dejó sobre la mesa–. No espero volver a saber de ti, pero si tienes que ponerte en contacto conmigo aquí tienes el teléfono de mi abogada. Adiós, Aristotle.

Y, antes de que él pudiera siquiera reaccionar y mucho menos responder, Teddie se dio la vuelta y salió casi corriendo del bar del hotel.

Aristo se quedó mirando su asiento vacío. Una corriente de emociones discurría en su interior. Las palabras de Teddie le habían impactado. Pero, aunque no le cabía ninguna duda de que su intención había sido darle una bofetada con aquella despedida, en realidad le había lanzado un guante. Y con ello había señalado su destino. Cuatro años atrás huyó de él y Aristo había pasado todo aquel tiempo intentando contener el dolor y la decepción. Pero ahora estaba preparado para enfrentarse a su pasado… y a su exmujer. Y lo haría a su manera. Sacó el móvil del bolsillo de la chaqueta.

Tres horas más tarde, tras haber bañado a George y haberle dado la cena, Teddie se reclinó contra los desteñidos cojines del sofá y dejó escapar un largo suspiro. Se sentía agotada. Su maravilloso apartamento con sus paredes brillantes y suelos de madera, que normalmente era un santuario para ella, le parecía destartalado tras el brillo del hotel Kildare. Y aunque su hijo era habitualmente un niño tranquilo y obediente, seguramente debió de captar su tensión. Aquella noche había tenido una rabieta porque su madre le pidió que dejara de jugar con el barco de juguete en el baño.

Ahora estaba dormido, y cuando miró a su precioso hijo sintió a la vez orgullo y pánico porque se parecía muchísimo a su padre. Un padre al que nunca conocería.

Sintió una punzada de culpabilidad y de autocompasión. Aquello no era lo que había querido para su hijo ni para sí misma. En sus sueños le habría gustado darle todo lo que ella nunca tuvo, unos padres cariñosos y seguridad económica, pero su matrimonio había sido un fracaso.

Tal vez si hubiera tenido unos cimientos más sólidos podrían haber solucionado sus problemas juntos. Pero no tenían nada en común aparte de una salvaje atracción sexual que había conseguido unirlos a pesar de su profunda incompatibilidad. Aristo había nacido en la riqueza. Por su parte, ella había crecido en un hogar para niños con una madre enganchada a las pastillas y un padre en la cárcel.

Teddie contuvo un bostezo, sacó el móvil y miró la hora. Lo único que quería era meterse en la cama, pero Elliot se iba a pasar por allí para hablar de la reunión con Claiborne. Así que se puso de pie, fue a la cocina y acababa de abrir una botella de vino cuando oyó el telefonillo. Gracias a Dios, Elliot llegaba puntual. Le abrió y agarró la botella de vino y dos copas.

–No te creas que nos vamos a terminar esto… –empezó a decir mientras abría la puerta. Pero se quedó sin palabras al ver que a quien tenía delante no era a Elliot, sino a Aristo.

Capítulo 2

N I SE me ocurriría –murmuró él extendiendo la mano–. Te olvidaste esto y pasaba por aquí… Era el mazo de cartas que se había dejado en el hotel.

Teddie se quedó unos segundos sin poder contestar. No encontró las palabras para expresar el shock y la confusión que sentía al verlo allí en el umbral de la puerta de su casa. Sintió un escalofrío que le recorrió la piel mientras la oscura mirada de Aristo la inspeccionaba desde el húmedo cabello hasta los pies. Aunque hubiera estado completamente vestida se habría sentido desnuda bajo la intensidad de su mirada, pero no llevaba más que una camiseta apenas tapada por el albornoz.

–¿No me vas a invitar a pasar? –preguntó él mirando hacia el interior del apartamento.

Teddie lo miró de reojo.

–¿Cómo has sabido dónde vivo?

–Busqué «maga guapa» en la guía de teléfonos –los ojos oscuros de Aristo brillaron divertidos–. Y tú estabas la primera.

A Teddie se le encogió el estómago al escuchar sus palabras. Había pasado tanto tiempo recordando sus fallos que había olvidado que podía hacerla reír, y aquello le recordó por qué se había enamorado.

Pero cuando sus labios empezaron a dibujar una

sonrisa supo que estaba cometiendo un error. Lo último que necesitaba en aquel momento era darle ninguna pista de su vulnerabilidad.

–Aristo… –empezó a decir sacudiendo la cabeza.

–Vale, eso era mentira –se apoyó con más fuerza en el marco de la puerta–. En realidad busqué «maga guapa y enfadada».

Teddie aspiró con fuerza el aire y sintió una oleada de pánico. Si Aristo se enteraba de lo de George, el enfadado iba a ser él.

–¿Me has seguido?

Aristo sonrió todavía más.

–Por supuesto. Tengo un segundo trabajo como detective privado.

–Muy gracioso. Así que has contratado a alguien para que me encuentre –sacudió la cabeza–. Eso es jugar sucio, Aristo.

–No me has dejado opción. Te marchaste antes de que termináramos de hablar.

–Perdona, yo sí había terminado de hablar –respondió ella irritada–. Por eso te dejé el número de mi abogada.

–Ah, sí, tu abogada –Aristo hizo una pausa y miró hacia atrás, frunciendo el ceño y fingiendo preocupación–. ¿Seguro que quieres que todo el mundo se entere de tus asuntos privados?

Teddie le miró impotente. A juzgar por el brillo de sus ojos supo que no iba a marcharse sin decir lo que tenía que decir, así que no le quedaba más remedio que tener una conversación con él en el pasillo o en el apartamento. Se le encogió el corazón. El instinto le gritaba que no le dejara entrar, pero ¿y si se encontraban con algún vecino y mencionaba a su hijo?

Hizo rápidamente un inventario de sus cosas. Por

suerte, había recogido todos los juguetes de George y las únicas fotos del niño estaban en su dormitorio.

–De acuerdo. Entra –dijo bruscamente–. Pero no puedes quedarte mucho tiempo. Diez minutos. Y tendrás que hablar bajo, tengo unos vecinos muy mayores y no quiero molestarlos –mintió, apartándose para dejarle pasar.

Se detuvo a lo que le pareció una distancia adecuada y vio cómo Aristo entraba en el modesto interior de su casa, sin duda contrastándolo con el lujo del apartamento que compartieron en el pasado. Pero ¿a quién le importaba lo que él pensara?

–Te di el número de mi abogada por una razón. ¿Por qué estás aquí? –le preguntó Teddie con tirantez.

–No he hablado con ella –afirmó Aristo encogiéndose de hombros–. ¿Por qué pagar una minuta si podemos hablar gratis?

Aristo observó cómo los verdes ojos de Teddie se abrían de par en par con incredulidad y luego vio las dos copas y le cambió el humor. Estaba claro que no tenía pensado pasar la noche sola.

Aristo se había estado preguntando desde que salió del bar la razón por la que se había marchado tan precipitadamente. Aunque sabía que su relación era puramente profesional, al ver a Edward Claiborne y a Teddie pensó que parecían bien juntos. Y, si no era él, seguro que en la ciudad había otro hombre que había ocupado su lugar.

De hecho, aquella era la razón por la que ahora estaba en la puerta de su casa. El mero hecho de imaginárselo le provocaba un nudo en el estómago, y el hecho de que todavía tuviera el poder de afectarle después de tantos años le enfurecía todavía más.

–Además, tal vez tus abogados tenían sus propios planes cuando te aconsejaron.

Teddie sintió una oleada de furia.

–A mí nadie me aconsejó nada. Tomo mis propias decisiones… aunque no espero que lo entiendas –alzó la vista para mirarle con el corazón latiéndole con fuerza–. Para ti siempre ha sido difícil asumir que soy una mujer independiente.

Aristo parpadeó de forma casi imperceptible.

–Si por independiente te refieres a insolidaria y egocéntrica, entonces sí, supongo que sí.

–¿Cómo te atreves a insultarme así en mi propia casa? –gritó ella subiendo el tono de voz. Recordó su fría hostilidad cuando ella se negó a dejar de trabajar–. ¡Querer seguir con un trabajo que me encanta no es ser egocéntrica!

–¡Mamá! ¡Mamá!

La voz del niño surgió en algún punto detrás de ella, cortando su rabia como la guadaña el trigo. Se giró al instante y se aclaró la garganta.

–No pasa nada, cariño.

Su hijo, George, la miró. Tenía puesto el pijama y llevaba en la mano su barco de juguete.

–Mami gritaba…

Teddie lo estrechó entre sus brazos con fuerza y lo levantó del suelo.

–Lo siento, cariño. ¿Mamá te ha despertado?

Aristo sintió que el estómago se le congelaba al ver a Teddie aplastar la cara contra la mejilla del pequeño. Se sentía soliviantado al descubrir que tenía un hijo. No, era más que eso. Se sentía herido aunque no hubiera motivo para ello. El corazón le latía como un caballo salvaje y sus pensamientos iban en todas direcciones. Le costaba trabajo asumirlo, pero no había error. Aquel niño era el hijo de Teddie. Pero ¿por qué no se lo había dicho?

En aquel momento el pequeño levantó la cara y de pronto Aristo no pudo respirar. Por la periferia de la visión vio cómo Teddie se giró para mirarle y de pronto sus ojos verdes le dijeron lo que su boca no se atrevía a decir.

Aquel niño era su hijo.

Entonces vio toda su vida pasar por delante como si fuera un ahogado, el día que conoció a Teddie en aquella cena, el largo cabello suelto, la media sonrisa que le había robado el corazón, el eco vacío del apartamento cuando ella se marchó y aquel momento en el Kildare…

Dejó escapar el aire y se le paró el pulso. Solo que no se estaba ahogando en el agua, sino en mentiras. En las mentiras de Teddie.

El resentimiento y la hostilidad que sintió cuando ella le dejó, el impacto de haberse tropezado con ella aquel día… todo aquello fue arrastrado por una tormenta de fuego y rabia tan cegadora e intensa que tuvo que agarrarse a la estantería.

Pero tendría que esperar para permitirse el lujo de perder la paciencia con Teddie. Ahora era el momento de conocer a su hijo.

–Yo también lo siento –murmuró con dulzura asegurándose de que ninguna de las emociones que lo carcomían por dentro se le notaba en la voz mientras sonreía a su hijo por primera vez–. No te preocupes por nada. Mamá y yo vamos a charlar, ¿verdad? –preguntó girándose hacia ella.

Teddie se obligó a sí misma a mirarle a los ojos y asintió mecánicamente, pero por dentro un mantra de pensamientos de pánico le aceleraba el ritmo del corazón: «Lo sabe. Sabe que George es su hijo. ¿Qué voy a hacer?».

–Pero antes tienes que presentarme –dijo Aristo mirándola con frialdad.

Ella alzó la barbilla, pero hizo lo que le pedía.

–Este es mi hijo, George –murmuró con tono tenso.

–Hola, George –Aristo sonrió–. Encantado de conocerte. Me llamo Aristo Leonidas y soy un viejo amigo de tu madre.

Miró a su hijo a los ojos, de color y forma idénticos a los suyos, y sintió que le daba un vuelco el corazón. George tenía su mandíbula y los pómulos altos como él, el parecido entre ambos no se podía negar. A la misma edad habrían parecido gemelos.

Cuando George le sonrió con algo de incertidumbre se sintió casi ciego de rabia por el engaño de Teddie. Su hijo debía de tener unos tres años. ¿Cuánto se había perdido durante aquel tiempo? El primer diente. La primera palabra. Los primeros pasos. Vacaciones y cumpleaños. Y en el futuro, a cuántas ocasiones no habría acudido sin saberlo: la graduación, el día de su boda…

Apretó los dientes. Tal vez no había pensado nunca en convertirse en padre, pero Teddie le había robado unilateralmente aquel derecho. ¿Cómo iba a compensar el tiempo que se había perdido? No, pensó. No lo había perdido. Teddie le había robado tres años de la vida de su hijo. Y, peor todavía, no solo le había mantenido a su hijo en secreto durante todo aquel tiempo, sino que tenía pensado mantenerlo en el engaño para siempre.

Alzó la vista, volvió a centrarla en el rostro de su hijo y, al ver la confusión de su mirada, apartó a un lado la rabia.

–Sé que no estás preparado para estrecharme la mano todavía y eso está bien, porque necesitamos conocernos un poco mejor antes. Pero a lo mejor podíamos entrechocar los nudillos.

Alzó la mano, hizo un puño y se le encogió el corazón al ver que su hijo hacía lo mismo y le entrechocaba suavemente el puño.

–Eh, ¿qué tienes ahí? ¿Es un barco? –preguntó Aristo.

–Es mi barco –respondió el niño con solemnidad.

–Me encanta –Aristo lo miró con admiración–. Yo tengo un barco como ese, pero de verdad. ¿Te gustaría venir a navegar en él con mamá?

George asintió y Teddie sintió que el pánico se apoderaba de su corazón.

Al presenciar la repentina intimidad entre su exmarido y su hijo sintió como si algo se rompiera en su interior, porque los dos eran increíblemente parecidos. Resultaba conmovedor y aterrador al mismo tiempo, y sobre todo abrumador.

Teddie se aclaró la garganta y sonrió con tirantez.

–Eso sería estupendo. Pero ahora es hora de volver a la cama, George.

Lo llevó a su cuarto, lo metió en la cama y estuvo con él hasta que cerró los ojos. Si al menos ella pudiera acostarse a su lado y cerrar también los ojos… al recordar la expresión del rostro de Aristo cuando averiguó que George era su hijo sintió que el pulso le latía con fuerza en el cuello como una polilla contra el cristal. A pesar de su calma exterior, sabía que Aristo estaba enfadado, más de lo que nunca le había visto. Más de lo que nunca creyó posible.

Y no podía culparle, pensó con la culpabilidad raspándole como una lija. Si los papeles se hubieran invertido, ella estaría igual de furiosa. Y el hecho de que una parte de ella siempre había querido decirle la verdad no suponía una gran diferencia.

Pero debería sentirse aliviada, porque cada vez le resultaba más difícil seguir mintiendo. Pero ahora tendría que pagar el precio por aquellas mentiras y enfrentarse a su ira. Ya era bastante aterrador el ser consciente de que Aristo tenía un derecho tanto legal como moral sobre la vida de su hijo. No importaba que se hubieran divorciado, George era su hijo y si quería presionar con aquel punto tenía el poder y el dinero para hacerlo no solo allí en su apartamento, sino en los tribunales.

La idea de enfrentarse a Aristo en un juicio le daba ganas de vomitar, así que aspiró con fuerza el aire y volvió al salón para lidiar con él. Aristo se giró al oírla llegar, y a Teddie le empezó a latir el corazón con tanta fuerza que pensó que se le iba a salir del pecho. Le había parecido que antes estaba enfadado, pero estaba claro que cada minuto que había transcurrido en su ausencia había aumentado exponencialmente su furia. Así que ahora, cuando se acercó a ella, la fría oleada de su desprecio la dejó congelada en el sitio.

—Sabía que eras superficial y que no tenías escrúpulos —dijo con los ojos brillándole como hielo negro—. Pero ¿en qué momento exactamente tu moral cayó tan bajo como para decidir mantener a mi hijo en secreto?

—Eso no es justo…

Los negros ojos de Aristo se clavaron en los suyos.

—¿Justo? Qué valor tienes, Teddie. Pensé que solo me habías robado el dinero. Y resulta que también me robaste a mi hijo.

—No lo robé… —comenzó a decir. Pero él la atajó.

–Oh, seguro que lo has racionalizado a posteriori. ¿Qué te has dicho a ti misma? ¿Que sería mejor así para todos?

–Hice lo que me pareció mejor –le temblaba la voz, pero no apartó la mirada–. Hice lo mejor para mí, Aristo, porque solo estaba yo.

Él aspiró con fuerza el aire.

–No es verdad. Tenías un marido.

–Exmarido –le espetó ella–. Para entonces estábamos divorciados. Aunque no habría supuesto ninguna diferencia. Nunca estabas allí.

Aristo seguía mirándola fijamente.

–No puedes evitarlo, ¿verdad? Es una mentira tras otra.

Teddie tragó saliva. Era cierto, había mentido muchas veces. Pero no porque quisiera y no respecto al pasado. No era justo que Aristo la juzgara con posterioridad a los hechos. Tal vez ahora estuviera en estado de conmoción, pero ella también se sintió así gracias a él cuatro años atrás y entonces no tenía casa y estaba sola.

–Iba a decírtelo… –se interrumpió al escuchar su amarga carcajada resonando por el salón.

–Sí, claro.

–No me refiero a ahora, a hoy… me refería al futuro.

–¿El futuro? –Aristo repitió la palabra despacio como si no estuviera seguro de su significado–. ¿Qué tiene de malo el presente? ¿Qué tenía de malo esta mañana?

–Todo sucedió muy deprisa –Teddie le miró a la defensiva–. No esperaba verte.

Aristo la miró con desconfianza.

–¿Y eso te parece una razón suficiente para que mi

hijo crezca sin un padre, o tienes algún padre postizo en mente? ¿Por eso saliste corriendo esta mañana?

Aquello le dolió. Tal vez Aristo no fuera célibe, pero salir con mujeres, y desde luego nunca nada serio, había sido lo último que tuvo en mente durante los últimos cuatro años. El trabajo, en particular la expansión de su imperio y la reciente salida a bolsa de sus acciones, le había quitado mucho tiempo y energía. Y en las ocasiones en las que necesitaba un poco de alegría extra había tomado la precaución de mantener las distancias. Estaba claro que a Teddie le había resultado mucho más fácil reemplazarle.

–Este es tu auténtico truco, ¿no es verdad, Teddie? –murmuró entornando los ojos–. No esa tontería de las cartas. Lo preparaste todo. Me tendiste una trampa, te llevaste lo que querías y seguiste tu camino.

–Si estás hablando de nuestro matrimonio, tenía razones de sobra para marcharme. Y no me llevé nada.

Sintió una repentina punzada de culpabilidad al pensar en su hijo, pero entonces repitió mentalmente el modo de referirse a su trabajo como «esa tontería» y apartó la culpa a un lado.

–Y aunque no sea asunto tuyo –dijo sacudiendo la cabeza–, no hay ningún hombre en mi vida, y desde luego no hay ningún padre en la de George.

La rabia de su voz parecía real y Aristo quería creerla por el bien de su orgullo. Pero aparte del sonrojo que le subía por las mejillas, ya le había contado tantas mentiras en tan poco espacio de tiempo que resultaba difícil creer algo de lo que dijera.

El corazón empezó a latirle más deprisa y sintió la piel fría y húmeda por el impacto no solo de saber que era padre, sino por lo despiadadamente que había jugado Teddie con él.

–A ver si lo entiendo –empezó a decir lentamente–. ¿Tenías pensado decirme lo de mi hijo en algún punto sin especificar del futuro?

Teddie vaciló. Y decidió ser completamente sincera.

–No lo sé. Sinceramente, la mayoría de los días solo intento arreglármelas con el trabajo y con hacer de madre de George.

«Y pasar el duelo por el hombre que amé y perdí».

Teddie bloqueó los recuerdos de aquellas terribles semanas y meses después de su ruptura y se aclaró la garganta.

–Cuando supe que estaba embarazada ya nos habíamos divorciado. No hablábamos. Tú ni siquiera estabas en el país.

Aristo clavó la mirada en ella.

–Así que decidiste unilateralmente desaparecer en el aire con mi hijo. Es mi hijo, no un truco de magia.

Dolida e impactada por el nivel de emoción de su tono de voz, dijo a la defensiva:

–Lo sé y lo siento.

Aristo maldijo entre dientes.

–Sentirlo no es suficiente, Teddie. Tengo un hijo, y mi intención es llegar a conocerlo del todo.

No era una amenaza directa, sino más bien una declaración de intenciones, pero podía ver que el impacto tras descubrir que era padre se iba desvaneciendo para dejar lugar a aquella necesidad familiar de tomar el control de la situación. Sintió un escalofrío por la espalda. ¿Dónde la situaba aquello?

La última vez que Aristo y ella se habían enfrentado, Teddie fue desterrada del reino, la poca importancia que tenía en su vida ya no era un miedo íntimo, sino una realidad. Aristo no tenía capacidad ni interés para crear vínculos emocionales. Lo había aprendido de primera mano aquellos seis meses empleados en observar su obsesión con el trabajo.

Volvió a mirarle a los ojos. Sí, tendría que haberle dicho la verdad, pero Aristo no le dio motivos para ello aparte de la biología para permitirle formar parte de la vida de George.

¿Y ahora? Si Aristo fuera otro tipo de hombre habría cedido, pero sabía que no importaba lo mucho que insistiera en que quería conocer a su hijo, solo era cuestión de tiempo que perdiera interés… como le pasó al padre de Teddie. Pero George no crecería como ella, sintiendo que era el último punto de los asuntos del día de su padre.

—Nuestro hijo no es una pieza de ajedrez que puedas mover por el tablero como te convenga, Aristo. Es una persona con sus sentimientos y necesidades…

Él la atajó.

—Sí, y necesita verme a mí. A su padre.

Teddie se cruzó de brazos y le miró enfadada.

—Necesita regularidad y seguridad… no alguien que le ofrezca travesías en barco y luego desaparezca durante días.

Aristo sacudió la cabeza vigorosamente.

—Voy a quedarme aquí, Teddie.

—¿Por cuánto tiempo? —contraatacó ella—. ¿Una semana? ¿Cuándo tienes tu próximo viaje de negocios?

Él apretó la mandíbula.

—Eso es irrelevante.

—No, no lo es. Estoy siendo realista respecto a tus limitaciones.

Teddie apartó la vista y apretó los puños. Tal vez en su vida no hubiera romance ni pasión, pero había paz. La idea de que Aristo entrara y saliera de su vida y de la de George le resultaba insoportable.

–Tengo derechos, Teddie –afirmó él en voz baja–. Supongo que puedes vivir ignorando ese hecho, lo has conseguido durante cuatro años. Pero George también tiene derechos y me pregunto qué pasará cuando se dé cuenta de que tiene un padre… un padre al que no dejas acercarse. ¿Podrás vivir con eso?

Teddie lo miró con el corazón latiéndole con fuerza, odiándole por haber encontrado la debilidad de su argumento.

–Muy bien –le espetó apretando los puños–. Puedes verle. Pero no será en mi apartamento, de eso ni hablar. Sugiero que busquemos un lugar neutral.

–Neutral… interesante eufemismo.

De pronto parecía estar divirtiéndose y a Teddie se le aceleró el pulso al darse cuenta de que su rabia parecía haberse desvanecido y ahora la miraba con una intensidad que le cortaba el aliento.

–Si estás intentando buscar un lugar donde podamos sentirnos «neutrales» el uno con el otro, entonces creo que necesitarás un planeta mayor. U otro sistema solar.

Teddie tragó saliva. Sus palabras le resonaron en la cabeza, despertando recuerdos tan explícitos y sin censura que tuvo que clavarse las uñas en las palmas para que le dejaran de temblar las manos.

–No sé de qué estás hablando –dijo con sequedad tratando de no fijarse en que tenía el estómago encogido.

Sintió una oleada de calor en la piel cuando Aristo dio un paso hacia ella.

–Sí que lo sabes, Teddie. Estoy hablando de sexo. Y ahora mismo, a pesar de todo esto, me deseas y yo te deseo a ti.

Una punzada parecida a las ganas pero más insistente la atravesó y se lo quedó mirando con sus grandes ojos verdes abiertos de par en par.

Aristo alzó una ceja.

–¿Qué pasa? ¿Vas a mentir en esto también? –sacudió la cabeza en un gesto de rechazo–. Entonces eres tan cobarde como mentirosa.

–No soy una cobarde –le espetó–. Simplemente no estoy de acuerdo con tu comentario.

–Sí lo estás. Solo tienes miedo de lo que sientes. Miedo de desearme.

Teddie dejó escapar el aire entrecortadamente. Aristo estaba ahora cerca, lo bastante cerca como para ver los puntitos dorados y grises de sus ojos oscuros. Lo bastante cerca para oler su aroma limpio y masculino. Tan cerca que no solo podía ver las curvas de sus músculos bajo el suéter, sino tocarlos…

–Eres un arrogante.

Aristo avanzó un paso más y levantó la mano para trazarle la curva de la mandíbula con el pulgar.

–Y tú eres tan hermosa que ninguna de esas afirmaciones cambia ese hecho.

Teddie podía sentir su mirada buscando la suya, y al alzar los ojos vio que le brillaban con una emoción que ella entendía y reconocía… porque también la sentía.

–Te guste o no, todavía ardemos el uno por el otro, y sé que tú también lo sientes. Hay una conexión entre nosotros.

Teddie se lo quedó mirando hipnotizada no solo por la verdad de sus palabras, sino por el pulso lento y firme de calor en la sangre. Y luego, en una décima de segundo de claridad se vio a sí misma, vio cómo la mano de Aristo se colocaba en su rostro, vio hacia dónde se dirigía y se enfadó al instante por su audacia y se sintió avergonzada por su debilidad.

Apartó la cabeza de su mano y alzó la barbilla.

–Te equivocas, Aristo. Está todo en tu cabeza. No es real –mintió de nuevo.

Él la miró y se fijó en las mejillas sonrojadas y en el pulso latiéndole en la base del cuello.

–¿No es real? –preguntó con tono suave–. A mí me parece completamente real desde aquí.

A Teddie le temblaba todo el cuerpo y dejó escapar el aire con cadencia temblorosa.

–Eso es magia para ti, Aristo. Hace trucos con los sentidos… te hace creer en lo imposible. Y tú y yo somos imposibles.

Clavó los ojos en la impresionante belleza del rostro de su exmarido y sonrió con tirantez.

–Que seas el padre de George no cambia nada entre nosotros.

Tenía una expresión indescifrable, pero, cuando su mirada oscura se clavó en la suya,Teddie supo que no estaba engañando a ninguno de los dos, y su siguiente comentario reforzó aquel hecho.

–Tienes razón, no cambia nada –dijo él en medio del tenso silencio–. Así que tal vez a partir de ahora los dos podemos dejarnos de juegos –dio un paso atrás con expresión satisfecha–. Te llamaré, pero si entretanto me necesitas desesperadamente aquí tienes mi número.

Aristo sacó una tarjeta del bolsillo de la chaqueta y se la tendió.

–No creo que la use –le espetó ella–, las posibilidades de que te necesite «desesperadamente» están por debajo de cero.

–Por supuesto –él sonrió.

Teddie quiso arrojarle el comentario a la cara, asegurar que se estaba equivocando completamente. Pero antes de tener la oportunidad de pensar en una respuesta adecuada, Aristo se dio la vuelta y salió de la habitación con el mismo paso firme con el que había entrado.

Teddie esperó a que hubiera salido del edificio antes de correr a cerrar con pestillo. Pero ya era demasiado tarde, pensó dejándose caer en el sofá con piernas temblorosas. Porque no solo le había dejado entrar en su casa, sino también en su vida.

Capítulo 3

ARISTO entró en su apartamento y se quedó mirando el reluciente y lujoso interior. Una corriente de pensamientos desconectados y a cada cual más frustrante le inundaban la cabeza. Apenas había sido consciente del trayecto de una hora desde el apartamento de Teddie. Había estado preocupado por la subyacente corriente de atracción entre ellos.

Los dos estaban muy enfadados, pero bajo la furia él lo había sentido, intensificado como los raíles que vibraban bajo un tren expreso.

Aspiró con fuerza el aire y luego lo soltó despacio, tratando de cambiar el recuerdo de su último comentario: «Que seas el padre de George no cambia nada entre nosotros».

Se equivocaba, pensó irritado. Lo cambiaba todo. Por mucho que Teddie quisiera negarlo, había una conexión entre ellos, y no solo debido al sexo, pensó con el corazón encogido al recordar a su hijo chocando el puño con él.

Todavía no se podía creer que fuera padre. «¡Padre!» La palabra se repetía en el interior de su cabeza como un disco rayado.

Necesitaba un trago. Entró en la silenciosa y pulida superficie de su cocina y se sirvió una copa de vino tinto antes de dirigirse a la azotea conectada con la zona del salón.

Se dejó caer en una silla y miró hacia la silueta urbana de Nueva York. Incluso desde tan arriba podía sentir la energía de la ciudad surgiendo como una ola, pero por una vez no respondió a su poder. Estaba demasiado ocupado tratando de unir las piezas de una vida que Teddie había hecho pedazos cuando entró en su hotel.

Y, por si fuera poco, había lanzado una granada sobre su ordenado mundo en la forma de un niño de tres años. «Bienvenido a la paternidad al estilo de Teddie Taylor». Se pasó la mano por la cara como si así pudiera calmar el curso de sus pensamientos. Le parecía irreal contemplar siquiera la idea de ser padre, y mucho menos la realidad. Nunca se imaginó que tendría un hijo, no porque estuviera en contra de la paternidad, sino porque el trabajo y la expansión de su imperio requería de toda su energía y atención.

Aristo frunció el ceño. ¿Habría tal vez otras razones? ¿Podría ser que la decisión de su padre de abandonar sus responsabilidades le hubiera hecho cuestionarse su propia planificación de la paternidad? Seguramente, pensó. Apostolos Leonidas había sido una presencia intermitente y muy reacia en su vida, y tal vez dio por hecho que él sería igual.

Y hasta ahora le había dado a su padre una justificación. Era lógico que no quisiera saber nada de su adúltera esposa, y eso significó no relacionarse tampoco con su hijo.

Pero aunque Aristo se había sentido un rato antes ciego de rabia y conmoción, no sintió ningún resentimiento hacia George, ninguna sensación de pánico o disgusto. Al mirar los ojos oscuros de su hijo sintió que el corazón se le llenaba de amor.

Se le pusieron los hombros tensos. ¿El mismo amor que Teddie sentía claramente por George?

Seguía sintiendo resentimiento, pero no pudo evitar admirar a su pesar a su exmujer. Aparte de lo demás, Teddie era una buena madre. Estaba claro que George la adoraba y ella adoraba a su hijo. No con el amor frío de su madre, ni el poco entusiasta interés de su padre, sino solo amor, puro y desinteresado.

Al imaginarse lo que debía de sentirse al ser el centro de ese tipo de afecto y ternura sintió algo tirante por dentro, no solo una sensación de responsabilidad, sino de determinación. Era el padre de George y su trabajo era asegurarse de que su hijo tuviera el amor y la seguridad que a él le habían faltado de niño.

El divorcio de sus padres y sus siguientes matrimonios le habían dejado sin raíces y sintiéndose inseguro de su lugar en el mundo, y sabía instintivamente que George necesitaba a su padre y a su madre. Pero, para que eso pasara, esa vez Teddie no podía huir a ninguna parte. Y más le valía dejarlo claro cuanto antes.

—Bueno, si quieres saber mi opinión, podría haber sido mucho peor.

Elliot levantó los codos de la barra de la cocina para que Teddie pasara un trapo húmedo y limpiara los restos de cereales de George. No había aparecido la noche anterior, pero llegó para el desayuno con bollos y su habitual actitud tranquilizadora. Teddie estaba agradecida y al mismo tiempo aliviada de verlo.

—¿Ah, sí? —se giró para mirar a su amigo—. ¿Y cómo podría haber sido peor, Elliot?

Él se encogió de hombros con expresión inocente.

–Podría haberte besado. O tú a él. Eh, era una broma –Elliot percibió su pánico y le apartó un mechón de pelo de la cara–. Vamos, Teddie, ya sé que fue un cerdo contigo y tal vez no estuviera bien que apareciera aquí de la nada, pero… esta vez no puedes salir huyendo, cariño. Te conozco desde los doce años y no necesito poderes sobrenaturales para leerte el pensamiento. Esto es algo de lo que no puedes escapar y en el fondo no creo que quieras hacerlo.

Ella alzó la barbilla y entornó los verdes ojos.

–Y sin embargo yo estoy convencida de que sí.

Elliot le dio un toquecito en las manos apretadas.

–No, claro que no. Yo estaba allí, ¿recuerdas? Sé cuántas veces intentaste llamarle, la cantidad de mensajes que le dejaste, lo triste que estabas –apretó las mandíbulas–. No soy fan de Aristotle Leonidas, pero sigue siendo el padre de George y tiene derecho a ver a su hijo. Ahora mismo es un shock, pero cuando te acostumbres a la idea todo estará bien. Te lo prometo. Muchas parejas tienen la custodia compartida de sus hijos.

Teddie esbozó una sonrisa forzada.

Pensar en un futuro en el que tendría que ver a Aristo con regularidad, hablar con él y que apareciera en la puerta de su casa no era su definición de que todo «estuviera bien». Pero tal vez con el tiempo lo que sentía por él disminuiría como la radioactividad… aunque para eso se necesitaran décadas. Aunque daba igual lo que sintiera. Podía huir, pero como Elliot había dicho, no podía seguir escondiéndose de la verdad. Aristo era el padre de George y tendría que asumirlo.

Elliot se levantó del taburete.

–Me tengo que ir, pero luego te llamo –se puso la

chaqueta y le dio un beso en la frente–. Y no te preocupes, la gente no cambia. Y por todo lo que me has
contado de tu ex no me lo imagino quedándose por
aquí el tiempo suficiente como para convertirse en un
problema.

Cuando vio a Elliot salir de su apartamento supo
que estaba intentando tranquilizarla. Y debería sentirse tranquila. Después de todo, eso era lo que quería,
¿no? Que Aristo desapareciera de su vida para siempre. Pero por alguna extraña razón la idea no le resultaba tan reconfortante como se había imaginado.

Mientras George echaba su siesta de la tarde, Teddie recogió el apartamento, moviéndose automáticamente para recoger los juguetes que estaban desperdi-
gados por todas partes. Finalmente se detuvo al lado
de su cama, se arrodilló y sacó una caja de cartón.

Sintió un nudo en la garganta, vaciló y se sentó en
el suelo. Levantó la tapa y miró el contenido. ¿Qué
era aquello? ¿De verdad que su matrimonio no ocu-
paba más que una caja de zapatos metida debajo de
una cama?

Apartó a un lado las cartas y documentos, buscó en
el fondo de la caja y sacó una cajita azul. La abrió y
se quedó mirando la sencilla alianza de oro. Durante
un instante no pudo moverse, pero cuando se le calmó
la respiración agarró el anillo de bodas y se lo deslizó
en el dedo.

Seguía sin tener muy claro por qué lo había conservado. Pero la respuesta no era tan sencilla. Al principio, cuando se marchó del apartamento de Aristo, lo
siguió llevando porque aunque para entonces ya sabía
que su marido era una persona muy distinta al impul-

sivo amante que había prometido amar y honrar no estaba preparada para renunciar a su matrimonio.

Y era la única cosa que le había dado y que nunca podría quitarle. Por supuesto eso fue antes de saber lo de George. Sintió un nudo en la garganta. Todavía podía visualizar el momento exacto en el que decidió dejar de llevarlo.

Fue en el taxi de camino a casa tras la noche que pasó en brazos de Aristo confiada en que se darían una segunda oportunidad.

Él la había seguido a la salida de su reunión con los abogados en la que habían discutido con furia. Pero entonces se miraron el uno al otro a los ojos y el deseo fue más fuerte que su ira combinada. No tenía lógica, pero así era. ¿Y desde cuándo el deseo tenía algo que ver con la razón?

Se registraron en una habitación de hotel como dos recién casados, besándose y quitándose la ropa en el ascensor sin importarles las miradas de los demás mientras corrían a su habitación. Pero antes de que las sábanas que cubrían sus cuerpos húmedos y calientes se enfriaran ya supo que había cometido un error.

Aquella noche fue como una tregua de once horas en su matrimonio. Aristo no había reconocido su parte en sus problemas maritales ni estaba dispuesto a escuchar su punto de vista. Solo quería salirse con la suya, tras no lograr convencerla con palabras había cambiado de táctica. Como la tonta enamorada que era entonces, Teddie se dejó persuadir por la suavidad de su boca y la dureza de su cuerpo.

Pero al despertarse en una cama extraña se dio cuenta al instante del error.

Respiró con fatiga al recordar cómo el rostro de Aristo se había vuelto duro y sin expresión, con la ternura de sus ojos borrada cuando le dijo que había pagado por la habitación, pero que sería el último dólar de su dinero que vería.

No fue así. Tres semanas más tarde, Teddie vació una de las cuentas bancarias que compartían, la que menos dinero tenía, en parte para demostrarle que no tenía razón, pero sobre todo para que su hijo aún no nacido tuviera algo de su padre.

Se quitó el anillo del dedo, volvió a guardarlo en la cajita y se puso lentamente de pie. Elliot tenía razón. Tenía que enfrentarse a la realidad y sería más fácil hacerlo si tenía el control de lo que estaba sucediendo en lugar de quedarse sentada esperando la llamada de Aristo.

Volvió al salón, agarró la tarjeta que le había dado la noche anterior y marcó su número en el móvil antes de que le diera por cambiar de opinión.

–Hola, Teddie.

No esperaba que contestara el teléfono tan rápido, ni que supiera que era ella, pero no fue aquella la razón por la que se deslizó en el sofá. Escuchar su voz en el teléfono otra vez le resultaba extrañamente íntimo, y por una décima de segundo se acordó de cómo hablaban cuando se conocieron. Conversaciones a primeras horas de la mañana, cuando ella había terminado su actuación y estaba tirada en la cama de algún hotel al otro lado del país.

No importaba a qué hora llamara… Aristo siempre contestaba y hablaban a veces durante horas.

Teddie apretó el teléfono con más fuerza y trató de olvidarse de aquel recuerdo.

–Tenemos que hablar de George –le dijo bruscamente.

–Pues habla.

–No, por teléfono no. Tenemos que vernos.

Se hizo una breve pausa y Teddie sintió una punzada en el pecho al imaginárselo recostado en el respaldo de la silla con una sonrisa triunfal en los labios.

–Puedo ir a tu apartamento.

–No, yo iré a tu oficina –consultó el reloj. Podía dejar a George con Elliot e ir a Manhattan–. ¿A las cinco, por ejemplo?

–Lo estoy deseando –murmuró Aristo.

A las cinco en punto, Teddie estaba mirando un brillante rascacielos mientras a su alrededor los grupos de turistas charlaban y se reían, sin duda de camino al Empire State Building o algún otro punto turístico famoso.

Ojalá ella fuera también una turista más que pudiera disfrutar de unas bien merecidas vacaciones en lugar de tener que enfrentarse a un exmarido calculador. Pero, cuanto antes se enfrentara a Aristo, antes podría volver a casa, así que atravesó las puertas giratorias del rascacielos de cristales ahumados en el que se encontraba la sede principal de Leonidas Holdings.

Cinco minutos más tarde estaba subiendo en el ascensor con una sonrisa empastada justo a tiempo cuando se abrió la puerta.

–Señorita Taylor –un joven asistente dio un paso hacia delante sonriendo con educación–. Si es tan amable de acompañarme, el despacho del señor Leonidas es por aquí.

Pero el señor Leonidas no estaba dentro, descubrió Teddie cuando el asistente la invitó a pasar a un despacho vacío. Se preguntó si Aristo se habría ausentado a propósito. Seguramente sí, para atacar su psique haciéndola esperar.

Miró a su alrededor y entornó los ojos ante la impresionante panorámica de Nueva York, los muebles Bauhaus y la enorme pintura abstracta que colgaba detrás del escritorio.

—Siento haberte hecho esperar.

Teddie se dio la vuelta con todo el cuerpo tenso cuando Aristo entró en el despacho, sus ojos oscuros se deslizaron sobre sus pantalones de pitillo negros, la camisa de seda borgoña y los tacones de aguja.

Se detuvo frente a ella y Teddie sintió que se le encogía el estómago. Se había quitado la chaqueta y se remangó la camisa azul. Dirigió sin poder evitarlo la vista hacia el triángulo de piel dorada que le asomaba en la base del cuello.

Se le aceleró la respiración. Tenía un aspecto a la vez invencible y sexy, y cualquier esperanza que pudiera haber albergado de haber desarrollado milagrosamente alguna inmunidad hacia él en las horas anteriores se desvaneció como la bruma de la mañana. El mero hecho de estar en el mismo espacio que él le provocaba un calor por toda la piel.

Si Aristo se sentía igual de incómodo que ella no se le notaba. Pero la verdad era que, en los seis meses que duró su matrimonio, Teddie nunca había sabido lo que pensaba realmente. Puede que ella fuera una maestra del ilusionismo en el escenario, pero él era un maestro en disimular sus sentimientos.

—No pasa nada —murmuró apretando los labios—. Sé que eres un hombre ocupado.

Aristo le deslizó la mirada por el rostro y ella maldijo en silencio la repentina oleada de tristeza que se apoderó de su cuerpo al recordar la causa del fracaso de su matrimonio. La culpa era suya. Tendría que haber sabido qué esperar cuando Aristo acortó la luna de miel para volar al otro lado del mundo a comprar un complejo hotelero. Pero, por supuesto, cuando la estrechó entre sus brazos y le dijo que no volvería a ocurrir, le creyó. Quería creerle, y eso fue el mayor error de su vida.

Pero en aquel momento no quería hablar de su breve y fracasado matrimonio. Por lo que a Teddie se refería, cuanto menos tuviera que ver con él, mejor, y tras aquel encuentro confiaba en que no hubiera razón para volver a verle a no ser de forma ocasional.

Al observar las emociones conflictivas que cruzaban el rostro de su exmujer, Aristo sintió una punzada de frustración. Nunca le había apoyado en su carrera, cuando lo único que había intentado era construir una vida para ella, para los dos.

Se encogió de hombros.

—Muy ocupado —murmuró—. Pero no nos distraigamos. No creo que hayas venido aquí a hablar de mi trabajo.

Teddie sonrió con tirantez.

—Tenemos que llegar a algunos acuerdos. Algo estable y sin complicaciones. Porque lo más importante para mí es que George se sienta feliz y seguro.

Aristo asintió.

—Yo también quiero eso —señaló un conjunto de un sofá y varias butacas agrupados frente al ventanal—. ¿Por qué no te sientas y hablamos de cómo podemos hacer que suceda?

Teddie le miró con recelo. Hasta el momento todo iba mejor de lo que esperaba. El corazón le latía con fuerza. Pero no era justo que le sonriera de aquella manera. Sería mucho más fácil para ella mantener la cabeza fría si se mostrara frío y despectivo. Cuando sonreía de aquella manera le resultaba difícil pensar con claridad. Pensar en cualquier cosa que no fuera aquella preciosa boca.

Sintió su mirada oscura e ignoró tanto su mano como la repentina aceleración de su corazón. Asintió y caminó con la mayor naturalidad que pudo para cruzar la estancia.

Evitó adrede el sofá y se sentó en una de las butacas, pero lamentó la decisión casi al instante porque él ocupó la butaca que estaba más cerca de la suya, estiró las largas piernas y empezó a hablar.

—Mira, Teddie, antes de empezar tengo algo que decirte.

—Pues dilo —trató de sonar natural y despreocupada, pero la voz le sonó rígida.

Aristo clavó los ojos en ella.

—Sé que no debe de ser fácil para ti tenerme de nuevo en tu vida y en la de George. Pero voy a intentar que sea lo menos doloroso y problemático posible para los dos. Lo único que quiero es ser un buen padre.

Ella le sostuvo la mirada. Tenía en la punta de la lengua decirle que no había vuelto a su vida. Pero lo cierto era que Aristo estaba intentando encontrarse con ella a mitad del camino. Miró hacia la silueta de la ciudad y se encogió de hombros.

—Eso espero. Por eso estoy aquí.

Era cierto, y quería creer a Aristo, pero después de todo lo que había hecho y dicho en el pasado le resultaba difícil confiar en él. Pero si quería que aquello funcionase por el bien de su hijo iba a tener que dejar el pasado atrás y centrarse en el presente. Aspiró con fuerza el aire y dijo:

—Sé que a lo mejor no te lo parece, pero de verdad quiero que George llegue a conocerte.

Fue como si el aire se estancara, como contener el aliento, y cuando alzó la vista encontró a Aristo mirándola tan fijamente que por un instante se olvidó de dónde estaba. Se revolvió en el asiento sin poder evitarlo.

–¿Y qué sugieres?

Era una pregunta bastante directa, y la expresión de Aristo resultaba completamente inocente, pero había algo en sus ojos que hizo que se le tensara el cuerpo.

–He pensado que podríamos encontrarnos en un parque –dijo esperanzada–. A George le encantan los columpios y hay uno muy agradable justo al final de la calle.

Sintió que se le aceleraba el pulso cuando Aristo sacudió suavemente la cabeza.

–Estaba pensando en algo más que ir a los columpios. ¿Qué te parece si llevas a George al apartamento durante un fin de semana? Así tendremos más tiempo y espacio de sobra. Y, desde luego, está la piscina –alzó la oscura mirada hacia la suya–. ¿Le has enseñado a nadar?

–Sí, por supuesto. Pero…

–Genial, entonces estamos de acuerdo –Aristo sonrió todavía más.

Teddie sacudió la cabeza.

–No, Aristo. No estamos de acuerdo –apretó los dientes. ¿Cómo se le había ocurrido pensar que eso podría ser fácil?

–Entonces, iré yo a tu casa –afirmó él con frialdad.

Teddie estiró la espina dorsal. No quería que Aristo fuera a su apartamento, ni tampoco quería volver a la casa que una vez fue su hogar común, con todos los recuerdos de su pasado compartido.

–No creo que sea una buena idea –dijo a toda prisa tratando de poner un tono formal.

–¿No? Pero dices que quieres encontrar una solución, ¿verdad?

Aristo se reclinó hacia atrás y apoyó el brazo en la butaca. Teddie sintió de pronto el deseo de tocarle la piel dorada, recorrer con la punta de los dedos el músculo que había bajo la tela de la camisa.

–Sí… sí, por supuesto –apartó la mirada.

–Algo estable y sin complicaciones, creo que has dicho.

–Sí, eso es lo que quiero, pero… –Teddie volvió a mirarle con incertidumbre, preguntándose hacia dónde se dirigía exactamente aquella conversación.

–Entonces tenemos la solución delante de la cara.

–¿Qué quieres decir? –preguntó Teddie con tono ronco.

Aristo sonrió.

–¿No es obvio? Tenemos que casarnos.

Los pulmones se le quedaron sin aire. Teddie lo miró como bajo una neblina, el corazón le latía con tanta fuerza que le retumbaba en los oídos. Estaba muda por el impacto, y no solo por la osadía y la arrogancia de sus palabras, sino por la oleada de calor que sentía por dentro.

¿Cómo podía sentir aquello? Su matrimonio había sido un desastre, y sin embargo podía sentir una parte de sí misma respondiendo con un ansia que la sobrecogió.

Trató de ignorar la sensación de temblor en el estómago e hizo un esfuerzo por mirarlo a los ojos.

–Eso no tiene gracia, Aristo.

–Ni lo pretende –él la miró impasible–. Si voy a ser una pieza permanente en la vida de George, entonces necesito serlo también en la tuya. El matrimonio es la solución más fácil. Nos casamos y George consigue un padre y una madre y una vida hogareña estable y sin complicaciones.

Teddie le miraba sin dar crédito a lo que oía.

–¿Así es como recuerdas nuestro matrimonio, estable y sin complicaciones? –sintió ganas de reírse, pero no había nada ni remotamente gracioso allí, solo resultaba terriblemente familiar... porque esa era exactamente la razón por la que se habían divorciado. Porque Aristo daba por hecho un montón de cosas sin pararse a considerar el punto de vista de sus sentimientos.

–No voy a casarme contigo... otra vez –puntualizó.

Aristo echó la cabeza hacia atrás y la miró a los ojos.

–¿Por qué no? No sería algo nuevo para ti.

Teddie estaba boquiabierta.

–Y no funcionó –afirmó recalcando cada palabra.

La oscura mirada de Aristo le recorrió el rostro como una caricia.

–Funcionaba perfectamente, que yo recuerde.

–No me refiero a eso –murmuró ella–. Hablo de todo lo demás. Nada funcionó en nuestro matrimonio.

–No funcionó la última vez –aseguró Aristo quitándole importancia con un gesto–. Pero conocer los errores del pasado es crucial para llevar a cabo un mejor rendimiento, y esta vez vamos a operar desde una posición de experiencia, no de ignorancia.

Teddie tuvo la sensación de que estaba presentándole un plan de negocios, no hablando de casarse.

–Esto no es una estrategia directiva –protestó con amargura–. Esta es mi vida, Aristo.

–No, Teddie. Es la vida de nuestro hijo –afirmó él sin inmutarse–. Un hijo que no sabe quién soy. Un hijo para el que no he podido estar durante todo este tiempo. Lo único que quiero es compensarle por ello.

Y para eso se va a necesitar algo más que un par de visitas a los columpios.

–Tienes razón. Lo siento.

Teddie se quedó observando su perfil y percibió el dolor bajo sus palabras. Sintió vergüenza. Hasta aquel momento no había considerado realmente los sentimientos de Aristo y eso no era justo. ¿Cómo se sentiría ella en aquel momento si la situación fuera al revés?

–Tal vez deberíamos irnos a algún lado. Así George y tú podríais pasar tiempo conociéndoos y nosotros podemos empezar a ser abiertos y sinceros el uno con el otro, porque esa es la única manera de que esto funcione.

Aquellas palabras le resonaron en el interior de la cabeza y durante un instante le costó trabajo creer que hubieran salido de su boca. Pero ya era demasiado tarde. Y, además, necesitaba saber si Aristo era capaz de ser el padre que aseguraba querer ser.

–¿Quieres que nos casemos otra vez? –le espetó con crudeza–. Bien, pues veamos si somos capaces de pasar una semana juntos sin querer asesinarnos.

–O arrancarnos la ropa –aseguró él mirándola fijamente.

Teddie fue incapaz de hablar durante unos instantes. Finalmente fue capaz de levantar la barbilla y mirarlo a los ojos.

–Eso significará que te tomes tiempo libre del trabajo –trató sin conseguirlo de mantener un tono desafiante.

Hubo una pausa muy breve.

–¿Qué te parece la semana que viene? –preguntó Aristo–. Puedo arreglarlo sin problema. Y tengo una isla cerca de Grecia y un avión que nos puede llevar hasta allí. Lo único que tienes que hacer es el equipaje.

Capítulo 4

MIRA, MAMÁ, mira!
Teddie alzó la vista de la revista que tenía en el regazo y sonrió hacia el otro lado de la cabina donde George agitaba su coche de juguete.

–Ya lo veo, cariño, ¡guau! –puso cara de impresión cuando George lanzó el coche por los aires y luego fue a aterrizar a la butaca más cercana.

Se cruzó con la mirada de Aristo por encima de la oscura cabeza de su hijo y apartó la vista al instante, no estaba preparada para compartir el momento con él.

Todavía se estaba haciendo a la idea de que iba sentada en un jet privado sobrevolando el océano Atlántico rumbo a la isla privada de Aristo.

Vio por el rabillo del ojo su oscura cabeza y la piel dorada. Iba vestido de manera informal, con vaqueros y un suéter fino gris, pero exudaba el mismo aire de autoridad y seguridad en sí mismo.

Teddie sintió que el corazón le latía más deprisa. Todo iba muy rápido. Una parte de ella se alegraba, porque si tuviera más tiempo para pensar seguramente se quedaría paralizada por la indecisión. Pero había algo en la velocidad a la que todo transcurría que la hacía sentirse incómoda.

Miró hacia donde Aristo y George estaban jugando con un robusto garaje de madera. Había sido un regalo de Aristo, al parecer para ayudar a que George estuviera entretenido durante el largo vuelo a Grecia. Pero Teddie tenía la sensación de que sobre todo, para Aristo era una oportunidad de conectar con su hijo.

Sintió un nudo en la garganta. Podría darle a George todo lo que quisiera, y aunque sabía que su hijo estaba contento con su vida, le hacían tanta ilusión los juguetes nuevos y la promesa de un viaje en barco como a cualquier niño. ¿Qué pasaría cuando creciera? ¿Y si George prefería llevar la vida de glamour y lujo de su padre?

Algún día tendría que decidir, porque pensara lo que pensara Aristo, no tenía ninguna intención de volver a casarse con él. Jamás.

Dos horas más tarde, George había sucumbido finalmente a la emoción del día y dormía tumbado en dos asientos con el coche agarrado con fuerza. Teddie se inclinó y le apartó el oscuro cabello de la frente. Estaría dormido durante al menos una hora, así que aquella era su oportunidad para mandarle a Elliot el mensaje que le había prometido y refrescarse. Una vez en el lujoso baño se echó agua en la cara, volvió a recogerse el oscuro y abundante cabello y luego regresó al dormitorio del jet para enviarle a Elliot un mensaje corto pero tranquilizador. Sabía que se iba a preocupar de todas maneras, pero en aquel momento lo único que necesitaba saber era que lo tenía todo bajo control.

Se sentó en una butaca al lado de la cama y sintió una punzada de pánico recorriéndole la espina dorsal, porque en el umbral de la puerta estaba Aristo llevando dos tazas de café.

Todo el cuerpo se le puso tenso y el corazón empezó a latirle como una bola de demolición dentro del pecho.

–Pensé que te apetecería una taza de café porque hemos madrugado mucho –afirmó alzando las tazas a modo de explicación–. Recuerdo que siempre has odiado levantarte pronto.

Se hizo un breve silencio. Teddie sintió un calor tembloroso al recordar de pronto cómo se sentía exactamente al despertarse en brazos de Aristo. Rechazó el recuerdo de su cuerpo dorado y duro en el suyo y alzó la barbilla.

–Ahora tengo un hijo de tres años –afirmó con frialdad mientras Aristo ponía una de las tazas de café en la mesilla de al lado de la cama.

Teddie sintió un estremecimiento cuando Aristo se sentó en la cama frente a ella.

–Podemos comer algo cuando George se despierte –sugirió–. Pero no sé qué le gusta. Había pensado en pasta. O pizza tal vez.

–Cualquiera de las dos –Teddie se aclaró la garganta–. Aunque no es muy especial para las comidas, si me ve comer algo piensa que entonces a él también le va a gustar.

–Un chico listo –dijo Aristo con tono amable–. Debe de haber salido a su madre.

Seguramente era el cumplido más viejo del mundo, pero ella no pudo evitar que se le sonrojaran las mejillas.

–Parece que George se va acostumbrando a mí –murmuró Aristo en medio del silencio–. Podemos hacer que esto funcione, Teddie.

–Seguro que sí –respondió ella–. Sería muy difícil lo contrario. Quiero decir, vamos de vacaciones a una isla griega.

Agarró la taza de café y deseó que fuera lo bastante grande para poder meterse dentro y escapar de su oscura mirada.

–No me refería a las vacaciones.

Por supuesto que sabía que no se refería a eso, pero confiaba en que dejara a un lado aquel tema en particular. Dejó escapar lentamente el aire.

–Sé que quieres que esta semana sea como una especie de primer paso para que cambie de opinión y me case contigo, pero esa no es la razón por la que estoy aquí –afirmó–. Estoy encantada de que formes parte de la vida de George, pero, sinceramente, tendría que pasar algo inimaginable para que quisiera volver a ser tu esposa. Así que dejemos el tema, ¿de acuerdo?

Aristo no respondió, pero Teddie percibió cómo le cambiaba el humor.

–¿Qué opción hay?

–No lo sé –respondió ella con sinceridad–. Las normales, supongo. Custodia compartida. Vacaciones y fines de semana… sabes que nosotros no funcionamos como pareja, así que deja de fingir que el matrimonio es una opción. ¿Por qué quieres hacer algo que en su momento te hizo desgraciado?

Aristo se la quedó mirando en silencio ante aquella repentina afirmación sobre su relación.

–Yo no era desgraciado –dijo finalmente–. Solo estaba confundido porque tú no eras feliz.

–Ninguno de los dos éramos felices, así que ¿por qué volver a hacerlo?

Antes de que pudiera detenerse a sí mismo, antes de entender completamente lo que estaba a punto de hacer, Aristo dijo:

–Porque sé lo que es que tu padre sea un desconocido.

Al escuchar sus palabras rebotar en la silenciosa cabina, Aristo sintió que se le ponía la espalda tensa. ¿En qué estaba pensando? Nunca había hablado de su pasado con nadie. Jamás. Entonces, ¿por qué escoger aquel momento para soltar la bomba de su infancia?

Se hizo un breve silencio, y Aristo percibió la confusión de Teddie.

–Creía que habías heredado el negocio de tu padre –dijo ella.

–Así es –respondió él con sequedad.

–Entonces… ¿cómo puede ser un desconocido? –insistió Teddie frunciendo el ceño–. ¿Sucedió algo? ¿Os enfadasteis?

Aristo vaciló. Ahora que las palabras estaban ya dichas no tenía muy claro qué decir a continuación, o qué esperaba escuchar Teddie. La verdad, probablemente. Pero la verdad era más compleja y reveladora de lo que estaba dispuesto a admitir. Y a ella menos que a nadie.

–No, no nos enfadamos –dijo finalmente con una firmeza que confiaba en que zanjara la conversación–. Olvídalo.

Teddie se lo quedó mirando sin saber qué hacer. Aquel no era el Aristo que conocía. Aunque ¿qué conocía realmente de su solitario y reservado exmarido? Su relación no estaba basada en el interés mutuo ni en la amistad. Las primeras semanas de su aventura tuvieron lugar a distancia tras la noche en que se conocieron en una fiesta, y aquellas largas llamadas de teléfono que tanto le gustaban a Teddie versaban sobre el presente: el último acuerdo de negocios de Aristo, la habitación de hotel de Teddie… y lo mucho que se echaban de menos el uno al otro.

Ni una sola vez hablaron de su pasado ni de su familia. Ella no le preguntó porque Aristo tampoco parecía dispuesto a ello. Y en cierto modo lo agradeció porque no le apetecía tener una conversación sobre sus propios padres. Tal vez una parte de ella encontraba romántico que Aristo quisiera que su relación se basara solo en ellos dos.

Pero ahora parecía que su reticencia no se basaba en el romanticismo ni en la velocidad a la que se desarrolló su relación, sino en algo más profundo.

Al ver que Aristo se rascaba el contorno de los ojos, Teddie sintió una punzada de tristeza, porque era exactamente el mismo gesto que George hacía cuando estaba cansado o triste. Y de pronto supo por qué insistía tanto en que se casaran.

–¿Tus padres se divorciaron?

La pregunta sonaba manida, pero no sabía de qué otra forma empezar, cómo conseguir que cambiara la expresión de su rostro. Lo único que sabía era que habían hecho falta seis meses de matrimonio fallido y cuatro años de separación para llegar a aquel momento, y no estaba dispuesta a retroceder ahora. Aunque eso significara traspasar los límites de lo que él consideraba oportuno.

Aristo asintió finalmente.

–Cuando yo tenía seis años.

Tenía una expresión neutra, pero Teddie notó la tirantez de su voz. Una vez más sintió que le estaba arrancando las palabras, y supo que nunca antes había contado aquella historia.

–Mi madre volvió a casarse con un lord inglés, así que vendieron la casa de Grecia y yo me fui a vivir a Inglaterra con mi madre y mi padrastro, Peter.

Teddie fue consciente de lo poco que sabía de la vida de Aristo. Había estado casada con aquel hombre, le había amado y se le había roto el corazón por él, y sin embargo no conocía casi nada de él. Pero ahora estaba empezando a entender por qué insistía tanto en que volvieran a casarse. Los adultos de su vida habían tomado decisiones basadas en sus necesidades, no en las de su hijo, y a sus ojos podía parecer que ella había hecho lo mismo con George.

−¿Y tu padre?

Aristo estiró los hombros como si estuviera enfrentándose a algún dolor oculto.

−Se fue a vivir a Estados Unidos.

Teddie lo miró fijamente en silencio, quería estrecharlo entre sus brazos, hacer cualquier cosa que pudiera mitigar el dolor de su voz. Pero tenía demasiado miedo para moverse, para hacer cualquier cosa que pudiera llevarle a dejar de hablar.

−¿Y cómo hacías para verlo? −le preguntó con dulzura.

−No era fácil −reconoció él−. Cuando nos mudamos me enviaron a un internado, así que solo lo veía en vacaciones. Pero para entonces mi madre tenía un nuevo bebé, mi hermanastro, Oliver, y mi padre se había vuelto a casar, así que todo el mundo estaba muy liado.

«Todo el mundo menos yo», le pareció escuchar a Teddie aunque no lo dijera. Se imaginó a aquel niño de seis años solo y confundido que se parecería tanto físicamente a su propio hijo.

−Tras un par de años quedó establecida una visita al año, y luego no hubo ninguna. A veces me llamaba, todavía lo hace −Aristo apartó la vista y miró por la ventanilla−. Pero no tenemos nada que decirnos el uno al otro.

Vaciló un instante.

–A veces sueño con él. Y lo más absurdo es que en mis sueños él quiere hablar conmigo –apretó los labios–. Seguramente la conversación más larga que tuve con él fue cuando firmamos los papeles para que me traspasara su negocio.

Aristo guardó silencio y ella trató de pensar en algo positivo que poder decirle.

–Bueno, te entregó su negocio. Tal vez era su manera de demostrarte lo mucho que te quería.

–Espero que no –Aristo se giró y la miró a los ojos–. La empresa estaba al borde de la bancarrota y mi padre hasta arriba de deudas. Ni siquiera estaba pagando a los empleados.

–Y tú le diste la vuelta por completo –se apresuró a recalcar Teddie–. Creo que tenía fe en ti, sabía que harías lo correcto. Has trabajado muy duro y has construido algo increíble. Seguro que está orgulloso de ti.

Teddie se lo quedó mirando, el corazón le latía con fuerza. En los tiempos de su matrimonio odiaba su trabajo, se quejaba de todas las horas que pasaba trabajando hasta altas horas de la noche. Pero aquello no tenía nada que ver con ella y con sus sentimientos, se trataba de Aristo, del niño pequeño que creció necesitando demostrarse a sí mismo que era digno de su herencia.

Se sintió un poco mareada. ¿Era de extrañar que se hubiera centrado tanto en el trabajo? ¿O que el éxito significara tanto para él? Estaba claro que se sentía responsable de salvar el negocio de su padre. Y eso debió de tener un fuerte impacto en su carácter.

–No espero que entiendas cómo me siento –dijo Aristo finalmente–. Lo único que quiero es ser el mejor padre posible.

Teddie se mordió el labio inferior.

–Lo entiendo.

Le sorprendió lo calmada que le salió la voz. Y le sorprendió todavía más admitirlo ante Aristo.

–Yo sentí exactamente lo mismo cuando estaba embarazada. Y me levanto sintiéndome así también la mayoría de las mañanas.

Aristo sintió una punzada en el pecho al escuchar su tono de voz. Parecía insegura. Teddie, la que podía colocarse delante del público y sacar la carta adecuada de un mazo sin pestañear. No le gustaba saber que se sentía así.

–¿Por qué te sientes así? –le preguntó cuando sintió que era capaz de controlar la voz. Le resultaba irracional. A sus ojos. Teddie era una madre devota y cariñosa.

Ella se encogió de hombros.

–Mi madre tenía problemas. Y mi padre… siempre estaba fuera de viaje –dijo tras un instante de vacilación–. Mi madre no era capaz de encargarse de las cosas sola. Empezó a beber y entonces tuvo un accidente. Se cayó por las escaleras y se rompió dos vértebras. Tenía muchos dolores y le pusieron una medicación a la que se hizo adicta. Y ahí empezó a ir cuesta abajo de verdad.

Teddie aspiró con fuerza el aire y trató de esbozar una sonrisa.

–Después de eso no pudo realmente con nada. Ni con el trabajo, ni con la casa… ni conmigo.

Aristo frunció el ceño y trató de seguir el hilo de su lógica.

–¿Y pensaste que tú serías como ella? –preguntó.

Teddie compuso una mueca.

–No solo ella, va con la familia. Mi madre creció en un hogar de acogida porque su madre no podía encargarse de ella –apretó los labios.

–Pero tú sí te encargas –aseguró Aristo con dulzura tomándole la mano y apretándosela–. De todo. Tienes tu propio negocio. Tienes un apartamento precioso y eres una madre maravillosa.

Ella apartó la mano bruscamente.

–No tienes que decirme esas cosas –afirmó tratando de ignorar cómo se le había acelerado el pulso–. Aunque me halagues no me casaré contigo, Aristo.

Él se inclinó hacia delante y volvió a tomarla de las manos.

–Ya lo sé. Y sé que no tengo por qué decir estas cosas –le deslizó los pulgares por la piel–. Las digo porque tendría que haberlas dicho antes y no lo hice. Las digo porque son verdad.

Teddie parpadeó y levantó una mano, incapaz de resistir la tentación de acariciarle el suave contorno de la barbilla. Sintió cómo le temblaban las yemas de los dedos al deslizarlas por la sutil barba incipiente.

Algún lugar de su mente quería apartarse, pero no era tan poderoso como el deseo de sentir su piel en la suya. Aristo empezó a acariciarle la mejilla. Y luego se deslizó a la línea de los labios.

–Aristo –murmuró ella–. Creo que no deberíamos estar haciendo esto.

Las comisuras de sus tentadores labios se curvaron en una tenue sonrisa.

–No estamos haciendo esto porque debamos –afirmó–. Lo hacemos porque queremos.

Le dio un vuelco el estómago y se quedó muy quieta, demasiado asustada para moverse, porque sabía lo que pasaría si lo hacía. Sabía perfectamente que su cuerpo se derretiría en el suyo y la sensación tan deliciosa que experimentaría.

Pero, si se dejaba llevar por la corriente del deseo,

¿dónde la conduciría? Tal vez se considerara sexualmente independiente y libre, y tal vez con otro hombre podría ser aquella mujer. Pero no con Aristo. Compartir su cuerpo con él sería algo poderoso, íntimo y arrasador. Sabía que sentiría algo, y eso la haría vulnerable. No podía permitirse ser vulnerable con aquel hombre. O al menos no más de lo que ya era.

Y por mucho que Aristo dijera lo contrario, cuando hablaba de casarse con ella otra vez en el fondo sabía que estaba pensando en el sexo. Y por muy maravilloso que fuera, una relación era algo más que sexo, como le había demostrado de forma dolorosa su anterior matrimonio. No podía volver a pasar por aquello.

Sí, quería tocarlo, abrazarlo, y estaba luchando contra sí misma, dividida entre querer creer que podían volver a intentarlo y la certeza de que era imposible. Tal vez en otra vida. Pero Aristo había sido su primer amante, su exmarido y el padre de su hijo. ¿De verdad necesitaba añadir una capa más de complicación a lo que ya era una relación complicada y conflictiva?

–Lo sé –murmuró en voz baja–. Pero ya no se trata de lo que queremos tú o yo. Se trata de ser sincero y abierto.

Aristo le deslizó la mirada por el rostro.

–Pues dime sinceramente que no me deseas.

Estaba tan cerca que Teddie podía verse reflejada en los oscuros lagos de sus ojos, y tuvo que hacer un esfuerzo sobrehumano para resistir la fuerza de su mirada y su propio deseo.

–No puedo. Pero también sé que no puedo tener todo lo que quiero. Tal vez en el pasado lo pensé, pero ya no.

En cuanto aquellas palabras salieron de su boca

supo que solo eran eso, palabras. Y que si Aristo decidía retarla, o peor todavía, si se inclinaba hacia delante y la besaba estaría perdida.

Se lo quedó mirando en silencio y como hipnotizada, cuerpo y mente debatiéndose entre el deseo y el pánico.

Pero Aristo no se inclinó hacia delante.

Siguió mirándola con sus ojos oscuros y expresión indescifrable. Luego le deslizó suavemente un dedo por la mejilla, se puso de pie y recorrió despacio la cabina. Cuando cerró la puerta, Teddie dejó escapar el aire buscando internamente la sensación de alivio que esperaba sentir.

Pero no estaba allí. De hecho, nunca se había sentido tan sola ni tan confundida.

Capítulo 5

ARISTO salió de la ducha, agarró la toalla y se
secó con fuerza el musculado y delgado cuerpo.
Y luego, todavía desnudo, entró en el vestidor
y se detuvo frente a los estantes, escudriñando con la
mirada la ropa ordenada por colores antes de elegir
un bañador azul marino y una camiseta azul claro.

Suspiró. Ojalá el resto de su vida estuviera tan bien
organizada.

Deslizó el reloj por los nudillos y miró la hora.
Frunció el ceño. Era muy pronto, demasiado pronto
para que hubiera alguien despierto en la isla. Pero
aunque era el primer día de vacaciones su cuerpo todavía actuaba como si fuera un día más de trabajo.

Aunque no todo su cuerpo, pensó con ironía.

Doce horas en el avión con Teddie le habían dejado con una frustración sexual que impedía que se
relajara o se durmiera.

Torció el gesto. Aunque en comparación con lo
que estaba pasándole por la cabeza, la incomodidad
de la entrepierna resultaba completamente insustan-
cial.

¿De verdad le había contado a Teddie lo de su padre? Le costaba trabajo creerlo. Se había pasado toda
la adolescencia y la mayor parte de su vida adulta
suprimiendo aquel dolor y la decepción, levantando
barreras entre el mundo y él, y sobre todo entre su es-

posa y él. Normalmente, le resultaba fácil evitar las preguntas personales, pero el día anterior Teddie se había negado a aceptar un «no» por respuesta. Había esperado, escuchado y finalmente le hizo sacar a la luz la verdad.

Aunque no toda, por supuesto. Nunca estaría preparado para compartirla con nadie… y esa era la razón por la que estaba tan decidido a volver a casarse con ella.

Ya había sido bastante duro revelar tanto, porque era la primera vez que realmente hablaba del lío de emociones que sentía por su padre. La primera vez que hablaba en alto de la indiferencia de Apostolos hacia él y su casi total ausencia de su vida.

Había sido una pérdida poco común de autocontrol, y no podía explicárselo del todo. Pero Teddie había sido y seguía siendo la única persona que podía ponerse en su pellejo, era la única que había derribado todas sus defensas, y no era la primera vez que sucedía. A pesar de ser la mujer no adecuada que apareció en el momento y lugar tampoco adecuados, no solo se la llevó a su habitación, sino también al altar.

Aristo recordó el momento en que fue consciente por primera vez de la existencia de Teddie Taylor. Fue en la inauguración de su primer proyecto importante, el rancho Rocky Creek. Llevaba dos años trabajando en él, un resort de lujo situado en un terreno de tres mil acres. Su deseo era que Helena, su madre, estuviera allí. Pero como era de esperar y a pesar de que le había recordado con frecuencia la fecha, hubo un problema. Su hermanastro, Oliver, jugaba un partido de polo ese día, así que su madre se perdió lo que para Aristo había sido el acontecimiento más importante de su carrera hasta el momento.

Estuvo a punto de no ir a la inauguración. Pero como de costumbre, los negocios pudieron más que la emoción y Aristo se tragó la desilusión y se unió a los invitados para ver el cabaret nocturno.

No tenía muy claro en qué momento Teddie dejó de ser solo un entretenimiento. Apenas se había fijado en los otros números, y aunque le parecía que era guapa, no era su tipo. Pero en algún momento, cuando barajó y cortó las cartas sin esfuerzo frente a un público entregado, fue incapaz de apartar la vista... y aunque se creía indiferente a la magia, se encontró sin saber cómo bajo su hechizo.

Aristo trató de atraerla con la mirada, y como si hubiera agitado una varita mágica, ella lo eligió entre el público. Todavía ahora podía recordar la corriente eléctrica que lo atravesó cuando sus manos se tocaron. Pero, al final de la actuación, Teddie se dio la vuelta y se mezcló con los otros invitados.

Solo que no había sido realmente el final de la actuación, por supuesto. Teddie lo esperaba en el bar con el reloj que le había quitado de la muñeca.

Aquella noche la pasaron juntos en la suite principal del hotel. Siete semanas después se casaron, y seis meses después estaban divorciados. Herido y enfadado, Aristo le había asignado el papel de mala creyendo que lo había utilizado para tener acceso a la alta sociedad.

Ahora, con la perspectiva que daba el tiempo, podía ver que le había resultado fácil convencerse a sí mismo de aquello porque había una rabia más profunda. Una rabia hacia sí mismo por haberse visto arrastrado por una mujer como ella después de todo lo que había pasado y visto.

Frunció el ceño. Cuatro años atrás todo le había

parecido muy fácil. Creía tener a Teddie Taylor completamente calada.

Pero ahora estaba claro que nunca la había entendido de verdad. De hecho, su previo entendimiento de quien era parecía no tener ninguna relación con la mujer que se había preocupado por él en el avión o la mujer que había mantenido económicamente sola a su hijo.

Una suave brisa agitó las cortinas de muselina y Aristo se giró hacia la ventana, deslizando la mirada por el calmado mar azul que se extendía hacia el horizonte en todas direcciones.

Aunque la había condenado como una mujer superficial e interesada cuando rompieron, no podía ignorar los hechos, y la verdad era que Teddie no había reclamado nunca más que el modesto acuerdo que recibió cuando se divorciaron, un acuerdo que por supuesto no incluía dinero para George.

De hecho, se las había apañado para mantener a su hijo y a ella misma sin él. Así que a Aristo no le quedaba más remedio que contemplar la asombrosa posibilidad de que se hubiera equivocado al juzgar a Teddie. Tal vez había copiado y pegado la desastrosa e infeliz relación de sus padres a su propio matrimonio, haciendo que los hechos encajaran en la teoría.

Pero ¿cuáles eran los hechos respecto a su exmujer? ¿Qué sabía realmente de Teddie?

Sintió que el corazón le latía más despacio. En principio se suponía que aquellas vacaciones eran para conocer a su hijo, pero estaba claro que también necesitaba conocer a su exmujer. De hecho, no era únicamente una necesidad. Quería conocer mejor a Teddie, estar cerca de ella.

Sintió que algo le hacía explosión dentro del pecho, pillándole desprevenido.

La última vez no habían llegado a conocerse como personas. No había sido aquel tipo de relación. De hecho, no había relación, solo era un deseo desnudo y embriagador.

Y ahora era la madre de su hijo, y la consecuencia lógica y necesaria de ese hecho era que deberían volver a casarse, porque el trabajo de Aristo era ocuparse de su hijo y de la madre de su hijo.

Pero esa vez sería diferente, más parecido a un acuerdo de negocios. No habría emociones complicadas ni expectativas. Marcaría los límites y no permitiría que los traspasara, y entonces lo tendría todo: un imperio empresarial, una mujer hermosa y un hijo. Lo único que necesitaba era convencer a Teddie de que le diera una segunda oportunidad.

Aristo suspiró. A juzgar por su continua resistencia a la posibilidad de renovar siquiera su relación, aquello iba a ser todo un reto… sobre todo porque no sabía ni por dónde empezar.

–Espera un momento, George –Teddie giró suavemente a su hijo para que la mirara y le puso crema de protección solar en los brazos, maravillándose como cada mañana por haber tenido algo que ver en la creación de aquel precioso ser humano.

Tenía la carita vuelta hacia ella, sus ojos oscuros la miraban con absoluta confianza, y Teddie sintió que se le encogía el corazón no solo por el amor, sino por saber que ella nunca se había sentido como su hijo, criado para sentirse seguro, protegido y querido en el mundo. En cambio ella vivió en una incertidumbre constante, con padres que estaban ausentes física o emocionalmente.

–Mamá, ¿vamos a la piscina ahora?

–Sí –Teddie sonrió ante la expresión emocionada de su hijo. No había hablado de otra cosa desde que se levantó–. Pero tengo que encontrar tu sombrero. El sol está muy fuerte y hay que protegerse.

Teddie cerró el tubo de crema y miró por la ventana. La isla era preciosa. Solo estaba a una hora en barco de tierra firme, pero parecía un lugar mítico, como de otro mundo.

Tenía playas de arena blanca y calas de agua turquesa en las que se podía ver cada surco del fondo marino. La villa también parecía sacada de una revista de casas lujosas, era de un blanco radiante que brillaba bajo la fuerte luz del sol. Tenía buenas vistas por todas partes al cielo y al mar, y en ocasiones destellos de la piscina con forma elíptica. Y por si todo aquello fuera poco, había un jardín lleno de árboles frutales.

Pero a pesar de la paz y tranquilidad que la rodeaba, ella se sentía cualquier cosa menos tranquila.

Teddie agarró el sombrero de George y no pudo evitar estremecerse al recordar lo cerca que había estado de dejarse llevar por la tentación el día anterior. Era tan vulnerable en lo que a Aristo se refería... pero iba mucho más allá. Su necesidad de no querer ver estaba enraizada en una infancia basada en el deseo de obtener la atención de su padre.

Aquel había sido el patrón de sus primeros años: las intermitentes ausencias de Wyatt seguidas de su inevitable reaparición. Por muy enfadada y decepcionada que estuviera, cada vez que regresaba se creía sus promesas, se permitía a sí misma que le importara. Y cada vez que se marchaba se sentía un poco menos valiosa que la vez anterior.

Y aquella era la razón por la que no iba a seguir el mismo patrón con Aristo.

Por muy sexy y encantador que fuera, ya era demasiado tarde para ellos. No confiaban el uno en el otro. Hacer el amor con Aristo otra vez sería sin duda inolvidable, pero sabía por experiencia que la gente que más le importaba encontraba excepcionalmente fácil olvidarla.

El episodio del avión le había dado una pista de lo que ocurriría si se dejaba llevar, lo deprisa que todo se desarrollaba…

Dejó escapar lentamente el aire. ¿Estaría exagerando? Después de todo, ¿qué tenía de malo que dos personas que una vez compartieron una química única y poderosa se volvieran a juntar? Mucha gente lo hacía.

Pero en su caso era diferente. Tenían que pensar en George, así que no habría dónde huir.

A Teddie se le secó la boca de repente y sintió una oleada de pánico. Aquello no era un juego de la botella, y Aristo no era una antigua llama que pudiera revivir sin más.

Era un incendio en el bosque.

Solo hacía falta un roce para despertar a su cuerpo de la hibernación. Una caricia más y estaría perdida. Y necesitaba recordar aquello para la próxima vez que sintiera el deseo de entregarse al calor de su cuerpo y a la fuerza de sus hombros.

Fuera en la terraza, George le soltó de pronto la mano y salió corriendo hacia Aristo. Ella le siguió a regañadientes, consciente de pronto del hecho de que tanto ella como Aristo estaban semidesnudos, y deseó haber metido un bañador en la maleta además de los bikinis.

George estaba mirando a su padre.

–Quiero que me lleves a nadar.

Aristo se rio.

–Vamos a nadar –vaciló un instante–. ¿Te parece bien? –miró a Teddie con gesto interrogante y ella estuvo a punto de echarse a reír por lo mucho que se parecía su expresión a la de su hijo.

Teddie asintió y se giró hacia el niño.

–Sí, pero tienes que hacer lo que Aristo te diga.

Lo sintió en la piel antes de verlo: cómo levantaba lentamente los labios, cómo le brillaban los ojos con expresión traviesa.

–¿Eso también se aplica a ti? –le preguntó con tono suave.

Teddie sintió que le daba un vuelco el corazón. En algún punto más allá de la visión nublada sintió el débil romper de las olas y durante un hipnotizador segundo se quedaron mirándose uno al otro y luego Teddie miró a George fijamente y sonrió.

–Voy a estar leyendo mi libro, cariño. Ahí al lado, ¿vale?

Ignoró el brillo divertido de los ojos de Aristo y se sentó en una de las tumbonas colocadas alrededor de la piscina. Se quitó el pareo, estiró las piernas y miró hacia donde estaba sentado Aristo. El humor le cambió al instante. Tenía un mazo enorme de documentos desparramados por la mesa, y a su lado, abierto al sol, estaba el ordenador portátil.

¿De verdad se había llevado trabajo?

Entornó la mirada. Pero ¿cuándo había puesto Aristo el trabajo en otro sitio que no fuera el primero de la lista? Pensó en las largas y vacías noches que pasó en soledad en su precioso y vacío apartamento con la misma sensación de fracaso y miedo de que no se merecía la atención de nadie.

Se le pasó brevemente por la cabeza decir algo, pero era el primer día de sus vacaciones, así que tal vez podría concederle el beneficio de la duda. Después de todo, se había marchado de la oficina casi sin previo aviso, y eso significaba tomarse el día libre entero.

Captó por el rabillo del ojo un vislumbre de músculos duros y un calor que no tenía nada que ver con el sol mediterráneo le recorrió de pronto la piel.

Agarró el libro, lo abrió al azar molesta por que, a pesar de la obsesión de Aristo por el trabajo, su cuerpo continuara decidido de manera irracional a ignorar lo malo en favor de lo bueno.

Se escuchó un chapuzón, y Teddie dirigió automáticamente la mirada hacia donde tenía lugar «lo bueno». En la parte de la piscina donde se hacía pie, Aristo estaba levantando a George del agua con los hombros, con las gotas de agua resbalándole por los músculos de los brazos y el pecho. Bajo la dorada luz del sol tenía un aspecto asombrosamente bello.

Teddie apretó los dientes. Con el bañador y dentro del agua le resultaba casi imposible de resistir.

Como si le hubiera leído el pensamiento, Aristo escogió aquel momento para mirarla y ella sintió un estremecimiento por la espina dorsal cuando su oscura mirada le recorrió el rostro, deteniéndose en su boca de un modo que le dejó los pulmones sin aire.

Quería apartar la vista, pero se obligó a sí misma a mirarle a los ojos… y al instante lamentó haberlo hecho porque la penetrante mirada de Aristo se le posó en la base del cuello y luego bajó hacia la curva de sus senos bajo el bikini color melocotón.

–¡Mira, mamá! ¡Mira! –George agitó las manos emocionado.

–No te preocupes, George –dijo Aristo con los ojos brillantes–. Mamá te está mirando.

Con la piel todavía brillante y con su hijo en brazos, Aristo avanzó despacio hacia ella. Dejó a George en el suelo y se tendió despacio en una tumbona al lado de Teddie.

–Toma –Teddie agarró una toalla y se la puso en las manos sin ninguna ceremonia–. ¿Por qué no te secas?

–Pensé que tal vez te gustaría hacerlo a ti –tenía la voz fría y controlada, pero la expresión de sus ojos hizo que la respiración se le quedara en la garganta–. ¿O te da miedo no hacer pie?

Sus miradas se quedaron entrelazadas y Teddie se preguntó cómo era posible que una frase insignificante la hiciera sentirse tan desnuda y expuesta.

Trató de pensar en algo inteligente que decir, pero bastante tenía con intentar controlar el tono de voz.

–No, por supuesto que no me da miedo –le miró.

Aristo no apartaba la mirada de ella.

–¿Has oído eso, George? –miró de reojo a su hijo–. Mamá va a venir a nadar con nosotros.

–Yo no he dicho eso –pero cuando George empezó a dar saltos se rindió y alzó las manos–. De acuerdo, de acuerdo… iré a nadar. Pero más tarde.

Notó el rostro más caliente cuando sintió sus ojos oscuros observándola.

–Ese color te pega –le dijo suavemente.

Aristo se inclinó hacia delante y le levantó el libro para ver la portada. Teddie sintió la presión de sus muslos contra los suyos. Notó de pronto la boca seca y le miró.

–Gracias –Teddie sintió que movía los labios, escuchó su voz, pero nada le parecía real. Excepto el tamaño de la pierna de Aristo.

–Mamá, ¿puedo tomar un poco de zumo?

Teddie se giró hacia su hijo y asintió.

–Claro, cariño.

–Yo lo llevo –Aristo se levantó y Teddie apretó los músculos contra la repentina y casi brutal sensación de pérdida que experimentó al ver a su hijo salir trotando alegremente al lado de su exmarido en dirección a la villa.

Más tarde, Teddie se unió a ellos en la piscina y se adormiló al sol mientras Aristo le enseñaba a George a bucear.

Le resultaba extraño ver a los dos juntos. De hecho, se sentía un poco celosa de la fascinación que sentía su hijo por Aristo, porque hasta aquel momento habían sido solo ellos dos. De hecho, estaba asombrada aunque feliz de lo rápida y fácilmente que habían congeniado y de que Aristo pareciera tan contento con George como ella.

Sintió un nudo en el estómago. La había pillado con la guardia bajada que Aristo fuera tan amable y paciente con su hijo. Y aquello le confirmaba lo que ya sabía, que no había marcha atrás. Iban a tener que contarle a George la verdad.

Teddie miró hacia la página abierta pero sin leer del libro y sintió una punzada de pánico. No por la reacción que tendría su hijo a la noticia, sino por lo que ocurriría cuando dejaran la isla y volvieran a la vida normal.

Podía parecer que Aristo estaba completamente centrado en George en aquel momento, pero aquel era el periodo de luna de miel y ella sabía lo rápido que podían cambiar las cosas. Cuando estuvieran de re-

greso en Nueva York, su hijo ya no sería el único ob-
jeto del programa de Aristo. Iba a tener que competir
con el tiempo de su padre frente al desafío que suponía el trabajo.

–He pensado que podríamos cenar juntos esta noche. Los dos solos.

La voz de Aristo interrumpió sus pensamientos y
alzó la barbilla. Estaban tumbados al lado de la piscina bajo un brillante palio blanco.

–Tenemos que hablar –murmuró él con tono tranquilo–. Y por mucho que me guste tener a nuestro hijo
cerca, será más fácil hacerlo si no está él.

Teddie supo que la expresión se le paralizó. Y también el corazón, ante la idea de pasar la velada a solas
con él. Pero ignoró el pánico y asintió.

–Estoy de acuerdo.

Y antes de que el gesto pudiera traicionarla, bajó el
ala del sombrero y se inclinó hacia atrás en la tumbona.

Tres horas más tarde, el calor del día había empezado a disminuir y una suave brisa acariciaba la res-
plandeciente superficie de la piscina.

Teddie miró la taza de café que tenía delante y sintió que se le ponía tensa la espina dorsal. La cena terminaría pronto, pero todavía no había conseguido decir una sola palabra de lo que le carcomía por dentro.

Alzó la vista y sintió que el corazón le subía y le
bajaba como en una montaña rusa. Aristo la estaba
mirando con una expresión tan calmada que sintió
como si le hubiera pillado con la mano en la chaqueta,
aunque no llevaba ninguna puesta. Solo una camisa
negra y unos pantalones de lino color crema.

–Estás muy callada –dijo él en voz baja.

–¿Ah, sí? –Teddie sintió que se le sonrojaban las mejillas y escuchó el nerviosismo de su propia voz.

–Sí, mucho –Aristo la miró a los ojos y ella deseó de pronto estar tomando un whisky en lugar de un café.

Frunció el ceño.

–Estaba pensando en nosotros, en George y… –Teddie apartó la mirada–. Bueno, creo que deberíamos decirle mañana que eres su padre.

Se hizo un momento de silencio. Aristo observó su rostro. Entre las luces parpadeantes y la oscuridad, Teddie parecía tensa, recelosa, y él sintió el esfuerzo que le estaba suponiendo hablar.

Por supuesto, era lógico que ahora que George y él se conocían le dijeran la verdad, y era lo que él quería… al menos en parte. Pero por mucho que quisiera reconocer a su hijo como suyo, en los últimos días había descubierto que la decisión tenía que partir de Teddie.

Y acababa de pasar.

Dejó escapar el aire lentamente y experimentó una profunda sensación de alivio. No era precisamente la mano de la amistad, pero era un principio.

Deslizó la mirada por el sencillo vestido amarillo que llevaba puesto y se detuvo en la curva de los senos. Y, además, quería que Teddie fuera mucho más que solo una amiga.

–¿Estás segura? –murmuró–. Podemos esperar. Yo puedo esperar.

Se estaba convirtiendo en un experto en la espera. Se movió para aliviar la tensión de la entrepierna, apretó los dientes y miró hacia el suave movimiento de las olas en la playa.

Teddie sintió que el corazón se le clavaba en las costillas. Parecía increíble, pero Aristo le estaba dando una opción. Y, para su sorpresa, se dio cuenta de que era el momento adecuado.

—Estoy segura.

Y, cuando lo hicieran, ya no habría marcha atrás.

Sintió una punzada de pánico. ¿Estaba haciendo lo correcto o condenando a su hijo al mismo futuro que había tenido que soportar ella? Una infancia marcada por la incertidumbre y la duda, con un padre que escondía sus ausencias bajo la capa virtuosa de estar manteniendo a su familia.

—Tiene que saberlo —Teddie sintió que se le llenaban los ojos de lágrimas—. Pero necesito que entiendas lo que eso significa.

Aristo frunció el ceño.

—Si no lo entendiera no estaría aquí.

Ella retiró la silla y se puso de pie algo vacilante.

—Así que todo esto se trata de ti, ¿verdad?

—No estoy diciendo eso —Aristo se puso también de pie.

—Pues lo parece.

Teddie lo escuchó inhalar el aire y su rabia se transformó en culpabilidad. No era justo retorcer sus palabras cuando ella no estaba siendo sincera respecto a sus propios sentimientos.

—Solo quiero decir que ser padre es un compromiso para toda la vida.

El rostro de Aristo se endureció.

—Me gustaría decir que es algo que no voy a olvidar, pero dada mi propia infancia no puedo. Lo único que puedo decir es que estaré ahí para George… y para ti.

Teddie sintió el corazón acelerado. Aristo estaba

diciendo lo adecuado y deseaba creerle, pero eso significaría crear en ella una nueva espiral de miedo e incertidumbre.

–Bien –estaba tratando por todos los medios de que no se le notara en los ojos, pero Aristo la empezaba a mirar con impaciencia.

–¿Ah, sí? Porque no me lo ha parecido.

Aristo se movió rápidamente alrededor de la mesa y se colocó frente a ella. La palidez del rostro le hacía los ojos todavía más verdes, y Aristo se pasó la mano por la cara. Necesitaba acción para contrarrestar el tirón del pecho. No tenía muy claro dónde estaba pisando, era territorio desconocido.

–Teddie… –suavizó el tono.

Ella se llevó una mano a la garganta y puso la otra delante, como defendiéndose. Era un gesto de tanta vulnerabilidad y desafío que de pronto a Aristo le costó trabajo respirar.

–No te estoy diciendo solo lo que creo que quieres oír.

–Lo sé –ella esbozó una triste sonrisa–. Y quiero que estés ahí para George. Es que siempre hemos estado él y yo solos. Sé que eres su padre, pero nunca he tenido que compartirlo con nadie antes y se me hace un mundo.

Aristo se la quedó mirando. El hecho de que Teddie quisiera tanto a su hijo hizo que se le rompiera algo dentro del pecho, así que dio un paso hacia delante y la estrechó suavemente entre sus brazos.

–No voy a apartarlo de ti, Teddie –murmuró–. No podría ni aunque quisiera. Eres su madre. Pero quiero ser el mejor padre posible. El mejor hombre que pueda ser.

Sintió que se le liberaba un poco de tensión en la

espalda y en los hombros, y entonces ella se inclinó hacia delante y apoyó la cabeza en su pecho. Teddie escuchó el sólido latido de su corazón y sintió que su cuerpo empezaba a suavizarse.

Aristo le deslizó la mano rítmicamente por el pelo y ella echó la cabeza hacia atrás. Él le recorrió las mejillas y los labios con la boca en una suave caricia, seduciéndola de modo que Teddie sintió su propia respiración dentro de la cabeza como si la escuchara a través de una caracola.

Aspiró con fuerza el aire y abrió las manos, quería algo más de su piel, su calor, la suavidad de sus fuertes músculos. El corazón le latía con fuerza, el anhelo interior la quemaba al sentir los dedos de la otra mano deslizándose suavemente por su espalda desnuda. Y luego se le encogió el estómago cuando Aristo le entreabrió los labios y la besó, su lengua era tan cálida y suave que sintió el calor atravesándola como una llama.

La cabeza le daba vueltas.

Quería más… más de su boca, sus caricias, su piel… mucho más de él. Estiró las manos y le tomó la cara entre ellas, besándole a su vez, atrayéndole hacia sí, alzando las caderas y apretándose contra él para intentar aliviar la tensión que le irradiaba de la pelvis.

El calor le recorría la piel, y luego Aristo le deslizó la mano por el pelo y la sostuvo prisionera mientras la besaba más profundamente, con su cálido aliento llenándole la boca de modo que se derritió completamente.

Teddie gimió. Hubo un segundo de quietud total y luego sintió cómo él se retiraba lentamente.

Tenía los ojos oscurecidos por la pasión. Durante un instante no dijo nada, y ella supo que estaba buscando las palabras adecuadas o en su defecto cualquier palabra, porque estaba tan asombrado como ella.

–Lo siento. No era mi intención hacer esto.

Teddie lo miró y sintió una punzada de dolor.

–La mía tampoco.

–Entonces supongo que deberíamos olvidar que esto ha sucedido.

Parecía una afirmación, pero ella supo que era una pregunta a juzgar por la oscura y fija intensidad de su mirada. De pronto apenas podía respirar.

¿Deberían hacerlo? ¿Realmente estaría tan mal pisar el acelerador y pasar el semáforo en rojo por una vez?

Teddie sintió que algo en su interior cambiaba y se suavizaba, y el deseo de agarrarlo fue tan intenso que estuvo a punto de gritar. Pero no podía confiar en lo que sentía por él en ningún nivel, ni en el hecho de que ningún hombre había estado cerca siquiera de llenar el vacío que Teddie llevaba cuatro años ignorando.

–Creo que sería lo mejor –se apresuró a decir alzando la vista para mirarle con sus ojos verdes–. Puedes limitarte a ser un padre para él.

Su mirada firme hizo que a Teddie se le acelerara el corazón y apartó la vista para mirar la luna cercana y perfecta que brillaba en el cielo oscuro.

–Gracias por esta velada maravillosa, pero debería ir a ver cómo está George.

Y aspirando con fuerza el aire, Teddie pasó por delante de él y caminó con paso tembloroso hacia la villa.

Una vez en la oscuridad del cuarto de su hijo, se apoyó contra la pared buscando solaz en su fría superficie.

No tendría que haber accedido a lo que Aristo dijo. Tendría que haberle dicho que estaba equivocado. Luego recordó el ordenador abierto y se puso tensa. Tal vez hubieran acordado un alto el fuego, pero seguía sin confiar en él.

Y no solo no confiaba en Aristo. Tampoco confiaba en sí misma.

Cuatro años atrás había permitido que su libido se apoderara no solo de su sentido común, sino de todos los instintos que tenía, y el resultado fue un desastre. Nada había cambiado excepto que ahora conocía el riesgo. Aristo había sido el único hombre que había hecho cantar su cuerpo, pero ahora sabía que si se permitía a sí misma tener intimidad con él se arriesgaba a resultar herida. Y había trabajado muy duro para dejar de amarlo.

Así que eso solo dejaba lugar a la amistad. No al afecto que surgía fácil ni a la solidaridad que compartía con Elliot, sino a la educada formalidad de antiguos amantes que ahora pasaban de puntillas por la vida del otro y sus nuevos compañeros.

Le dio un vuelco el corazón al imaginarse a Aristo con una nueva esposa, y de pronto sintió ganas de vomitar. Ya había sido bastante duro superarlo la última vez. Y peor todavía resultaba la perspectiva de verlo compartir la vida con otra persona.

Capítulo 6

ERA EL melocotón más perfecto que Teddie había visto en su vida. En su punto justo de madurez y dorado por el sol, estaba medio escondido tras un racimo de hojas verde pálido como un bañista tímido que se escondiera detrás de una toalla en la playa.

Lo había visto la noche anterior, cuando George y ella se unieron a Melina, la encargada de la casa, mientras recorría el huerto buscando ingredientes para la cena. Al final recolectaron unos higos gruesos de piel oscura para servir con el feta salado y la miel de romero que siguieron a un delicioso postre de helado casero de fresa, el favorito de George.

Dejó escapar un suspiro al recordar la reacción de su hijo cuando le contó que Aristo era su padre. Al ver la cara del niño pasar de la confusión a un tímido entendimiento, Teddie sintió que le daba un vuelco el corazón, igual que le estaba sucediendo ahora, aunque no lo lamentaba. Y sabía que George tampoco lo lamentaba, porque estaba «ayudando» a Melina a batir huevos para la *strapatsada* que iban a tomar de desayuno.

Se puso de puntillas y estiró el brazo, los dedos casi rozaban la piel del melocotón. Si al menos fuera un poco más alta…

Aspiró con fuerza el aire cuando una mano pasó

por delante de ella y tiró suavemente del melocotón para arrancarlo.

–¡Eh! –dijo girándose hacia Aristo indignada–. Eso era mío.

Él la miró directamente a los ojos y no apartó la vista.

–Está claro que no.

Teddie sintió la tentación de quitárselo, pero la proximidad de Aristo ya estaba poniéndole los sentidos en estado de alerta y no quería arriesgarse a tocar la piel equivocada.

Tragó saliva. El deseo que sentía por él la devoraba constantemente, y ya sentía el interior tan suave y cálido como si se estuviera derritiendo.

Al ver aquel despliegue de emociones atravesándole el rostro, Aristo sintió que el cuerpo se le ponía tenso. Podía sentir el conflicto en ella y eso le estaba volviendo loco. Porque en cuanto estuvieran a solas una vez más se buscarían el uno al otro… él le rodearía la cintura, ella le deslizaría los dedos por los hombros…

Sintió cómo la sangre se le ralentizaba y se le relajaban los músculos al observar su perfil y el oscuro arco de la ceja sobre la línea recta de la nariz y la boca jugosa. Tenía una lluvia de pecas en las mejillas y él deseaba tocar todas y cada una de ellas.

Pero se limitó a mirar el melocotón, girándolo en la mano y deslizando el pulgar por su piel.

–¿Qué me darías por él? –le preguntó esbozando una sonrisa.

Teddie tragó saliva. Aquel era Aristo en su estado más peligroso. La combinación de su sonrisa y los ojos seductores. Y aunque sabía que no debía hacerlo, le sostuvo la mirada y dijo con despreocupación:

–¿Qué te parece que no te empuje a ese arbusto de lavanda si me lo das?

Él se rio y le tendió el melocotón.

–Iba a ofrecerte que lo compartiéramos.

Los dedos de Aristo rozaron los suyos cuando ella agarró el melocotón y sintió un temblor en la espina dorsal como una descarga eléctrica.

–Pues vamos a compartirlo –afirmó con naturalidad–. Hay un cuchillo en esa cesta.

–¿Seguro que no te quitará el hambre?

El silencio pareció rodearlos, y Teddie se apresuró a decir:

–La cesta está en el banco.

Observó cómo Aristo partía con cuidado el melocotón y luego lo cortaba en rodajas. Su perfil era una línea de oro puro contra el intenso cielo azul. La carne dorada todavía estaba caliente por el sol y cargada de jugo, y cuando lo mordió una intensa dulzura le recorrió la boca.

–¡Vaya! No sabe como en Nueva York.

Aristo volvió a guardar el cuchillo en la cesta.

–No. Pero es que aquí todo sabe mejor.

Ella frunció el ceño ante el tono de voz que utilizó.

–Haces que parezca que eso es algo malo.

Una suave brisa se levantó entre ellos y de pronto el aire estuvo demasiado caliente.

Aristo se encogió de hombros.

–No es nada malo… solo la consecuencia de vivir en una fantasía. Cuando vuelves a la civilización la realidad no está a la altura.

A Teddie le latía con fuerza el corazón contra el pecho. Se estaba refiriendo al melocotón, pero bien podía estar hablando de su matrimonio, ¿acaso no era eso lo que había ocurrido? Se habían casado siguiendo un impulso sin saber realmente nada el uno del otro. Desde luego no lo suficiente para hacer los votos «hasta que la muerte nos separe». Y antes incluso de que terminara la luna de miel a ambos les había quedado claro que lo que habían compartido en todas aquellas habitaciones de hotel a lo largo de Estados Unidos era demasiado frágil para sobrevivir a la vida real.

Y, sin embargo, ahí estaban ahora los dos, en aquel jardín idílico bañado por el sol compartiendo un melocotón.

Teddie sintió una punzada de esperanza. Sí, aquello no era la vida real, pero tampoco eran recién casados y Aristo quería que aquello funcionara. Los dos querían. Y había una diferencia entre ahora y entonces. Cuatro años atrás no querían las mismas cosas, pero eso fue antes de George. Recordó cómo había respondido Aristo aquella mañana a las preguntas de su hijo sobre el barco, completamente atento a él, y dejó escapar un suspiro.

–Creo que lo estás mirando de forma equivocada –dijo con voz pausada–. Puede que en Nueva York los melocotones no sepan como aquí, pero ¿y la tarta de queso? No puedes decirme que aquí tienen una tarta de queso como la de Eileen's.

Aristo frunció el ceño.

–No lo sé. Nunca he tomado tarta de queso aquí. De hecho, nunca he tomado tarta de queso.

–¿De verdad? –Teddie lo miró sin dar crédito a lo que oía–. Vaya, pues eso no está bien. Tendremos que solucionarlo en cuanto lleguemos a Nueva York.

Aristo se rio.

–¿En serio?

–Tienen todo tipo de sabores. Cuando estaba embarazada tenía un antojo terrible de tarta de queso y ahora es algo regular. El último sábado de cada mes. Tú también puedes venir.

—Es una cita —afirmó él.

A Teddie se le aceleró de pronto el corazón.

—No me refería a nosotros dos solos —se apresuró a decir.

Aristo le sostuvo la mirada, pero la emoción que había sentido se atajó bruscamente. Se le pusieron tensos los hombros. Tras el momento de intimidad compartido, el repentino rechazo era incómodo, pero también la confirmación que necesitaba de que no podía mostrarse despreocupado con ella como había hecho con otras mujeres en su vida.

Teddie había sido su mujer y estaba decidido a que volviera a serlo. Pero no iba a permitir que jugaran emocionalmente con él.

Se dio la vuelta y la miró con expresión inescrutable.

—Por supuesto que no. ¿Se supone que tienes que recoger algo para Melina?

Aristo se agachó y ella asintió, agradecida por el cambio de tema.

—Sí. Limones y tomillo.

Durante un instante pensó que se iba a ofrecer a ayudarla, pero Aristo le tendió la cesta.

—Pues te dejo con ello.

Y antes de que Teddie tuviera oportunidad de responder, Aristo se dio la vuelta y se encaminó de regreso a la villa.

—Date prisa, mamá.

Por segunda vez en unos pocos minutos, Teddie

sintió la mano de George tirándole de los pantalones cortos.

–Lo intento, cariño. Déjame buscar en el último bolsillo.

Rebuscó en el lateral de la maleta y sonrió distraídamente a su hijo, que estaba sentado en el suelo del vestidor. Estaba buscando unas gomas de pelo para recogerse el cabello.

–¡Vamos, mamá!

–Cariño, la piscina no se va a mover de ahí –dijo con tono tranquilizador.

Pero George la interrumpió sacudiendo la cabeza.

–No quiero ir a la piscina, quiero ver el barco pirata.

¿Qué barco pirata? Teddie renunció a la búsqueda, volvió a guardar la maleta en el vestidor y se giró hacia donde George estaba sentado en el suelo mirándola con ansiedad.

–¿De qué estás hablando, cariño? –le preguntó apartándole un rizo de la frente.

–El barco pirata –insistió claramente molesto por la confusión de su madre–. Aristo… o sea, papá…

Hizo una pausa y a ella le dio un vuelco el corazón cuando la miró. La palabra no le salía sola todavía.

–Lo han dejado aquí y papá ha dicho que nos iba a llevar a verlo.

Teddie frunció el ceño. Tenía un vago recuerdo de Aristo diciendo algo de piratas cuando estaban desayunando aquella mañana, pero no prestó mucha atención, pensó sintiéndose culpable. Tenía la cabeza en el beso que habían estado a punto de darse la noche anterior.

–De acuerdo… bien, podemos hacer eso. Solo tengo que recogerme el pelo –Teddie se inclinó hacia delante y le dirigió una sonrisa radiante–. Pero tengo una idea mucho mejor.

Diez minutos más tarde caminaba por la villa con George saltando a su lado. Los dos llevaban camisetas de rayas azules y blancas y Teddie había dibujado barba y bigote en sus rostros.

–¿Vamos a asustarle? –susurró George acelerando el paso.

Parecía emocionado con la perspectiva, y Teddie asintió. Pero cuando entraron en la terraza se le borró la sonrisa al darse cuenta de que la piscina estaba vacía.

–¿Dónde está? –George le apretó con más fuerza la mano.

–Seguramente se esté cambiando –le dirigió una sonrisa tranquilizadora.

Pero diez minutos más tarde seguían esperando en la piscina.

–¿Crees que se le ha olvidado? –susurró George.

Empezaba a parecer ansioso, y Teddie no pudo evitar que una punzada de incertidumbre le recorriera la espina dorsal.

Sacudió la cabeza.

–No, por supuesto que no –afirmó con decisión–. ¿Por qué no esperamos cinco minutos más y luego vamos a buscarlo? Seguro que llegará en cualquier momento.

Pero Aristo no llegó. Teddie agarró finalmente a George de la mano y se dirigieron a la villa justo en el momento en que Melina se acercaba corriendo a ellos.

–¡Iba en su busca! Olvidé completamente que el señor Aristo dijo que iba a estar en su despacho. Tenía una llamada de trabajo muy importante.

Teddie asintió y empastó una sonrisa en la cara,

pero por dentro podía sentir la creciente oleada de rabia y decepción mientras le pedía a Melina que se llevara a George a la cocina. Decepción y alivio, porque, ¿acaso no esperaba que sucediera eso?

Se tragó su propia rabia. ¡Una llamada de trabajo importante! No, corrección: una llamada de trabajo *muy* importante, pensó con amargura. Sintió un nudo en la garganta. ¿De verdad había pensado que las cosas serían distintas? ¿Que Aristo cambiaría? Tenía que haberse imaginado cómo serían aquellas vacaciones la primera mañana, cuando vio el ordenador portátil agazapado como una especie de alien bajo el ardiente sol mediterráneo.

El despacho de Aristo no era difícil de encontrar, y escuchó claramente su voz cuando entró muy tiesa por la puerta abierta.

–No, necesitamos transparencia absoluta. Yo exijo transparencia absoluta… exactamente.

Estaba al lado de su escritorio con el teléfono pegado a la oreja, la tensión de su cuerpo resultaba discordante con la informalidad de la ropa que llevaba puesta. Teddie entró en el despacho con el latido del corazón rugiéndole en los oídos cuando él alzó la vista del ordenador y se le desvaneció el ceño de concentración.

–Luego te llamo, Nick –dijo en tono bajo. Colgó y se quedó mirando a Teddie con gesto impasible–. ¿Recibiste el mensaje?

–Alto y claro –le espetó ella deteniéndose frente al escritorio–. Al principio me quedé asombrada, pero supongo que no debería ser una sorpresa. Antepusiste el trabajo a todo durante nuestro matrimonio, así que ¿por qué unas vacaciones para conocer a nuestro hijo deberían ser distintas?

Aristo frunció el ceño.

–No sé de qué estás hablando. Ha sido una llamada…

La respuesta de Teddie a sus palabras fue instantánea y visceral. Se le aceleró el pulso y sintió un nudo de rabia en la garganta. Aquello era todo lo que más temía, solo que había sucedido mucho más deprisa de lo que nunca creyó posible. Literalmente pocas horas después de asegurar que quería estar allí para George y para ella.

Pero ¿cuántas veces había dicho su padre exactamente lo mismo?

–Estoy hablando de esto –lo interrumpió ella–. De que te escabullas para cerrar algún acuerdo…

Teddie guardó silencio de golpe. La tristeza que sentía dentro del pecho era como un bloque de hielo y empezaba a encontrarse mal físicamente.

Aristo sintió el pulso de la rabia que empezaba a latirle bajo la piel. Desde que le habían dicho a George que era su padre, Teddie había actuado de forma extraña, pero aquella acusación sin fundamento era completamente inesperada e injusta.

E iba disfrazada de pirata… aunque estaba claro que había olvidado aquel hecho.

En aquel momento empezó a sonar el teléfono, y ella puso los ojos en blanco.

–No voy a contestar –afirmó Aristo con frialdad–. Y no me estaba escabullendo en ninguna parte. Surgió algo importante y tenía que ocuparme de ello. Le dije a Melina que te diera el mensaje y lo hizo.

¿Por qué le resultaba tan difícil entenderlo? Se había tomado una semana libre del trabajo, pero eso no significaba que dejara en suspenso su negocio. ¿Y por quién creía que estaba haciendo todo aquello y por qué? Las mujeres podían hablar del amor y de ser amadas, pero en lo que eso se traducía era en un deseo insaciable de dinero y estatus… como su madre había demostrado. El teléfono seguía sonando y los ojos verdes de Teddie se entornaron como los de un gato.

–No somos tus becarios, no nos puedes engatusar.

–No os estoy engatusando.

Ella lo miró con incredulidad.

–George tiene tres años, Aristo. Estaba emocionado –se le quebró la voz e hizo una pausa. Luego estiró los hombros con determinación–. Ni siquiera te lo pensaste dos veces, ¿verdad? Pero lo que tienen los niños de esa edad es que si les dices algo tienes que hacerlo. No puedes mentirle.

El teléfono dejó finalmente de sonar, pero Aristo sentía una presión tan grande en el pecho que no podía respirar.

–Eso tiene gracia… viniendo de ti.

Vio que Teddie palidecía, pero se dijo a sí mismo que se lo merecía.

–Le has mentido desde el día que nació. Y a mí también –sacudió la cabeza–. Durante todos estos años no te has planteado ni una vez decirme la verdad.

–Eso no es cierto –A Teddie le ardía el rostro de rabia y dio un paso adelante–. Intenté contártelo.

–Podrías haber contactado conmigo de muchas maneras –aseguró él con frialdad.

–Lo hice –afirmó Teddie–. Lo intenté de todas las maneras, pero cuando supe que estaba embarazada te habías ido a Estados Unidos, así que intenté llamarte, pero me tenías bloqueada. Llamé a tus oficinas y te dejé mensajes, pero nunca me devolviste las llamadas. Y te escribí todos los años el día del cumpleaños de George. Nunca me respondiste.

Se hizo un largo silencio. Aristo sentía el corazón latiéndole, el impacto de sus palabras le quemaba como la picadura de una abeja. Lo que Teddie decía era verdad. Y sí, la había bloqueado, les había dicho a sus asistentes que no le molestaran con ningún mensaje que procediera de ella... y así lo hicieron. Pero entonces estaba enfadado y herido, y le daba miedo que si oía su voz pudiera cometer alguna estupidez... como escuchar a su corazón.

Lo único que quería era dejarlo todo atrás. Olvidarse de ella y de su matrimonio.

—¿Así que te rendiste? —tal vez su orgullo contribuyó a que no llegara a saber lo de su hijo, pero el grueso de la responsabilidad seguía siendo de Teddie.

Al ver cómo los ojos se le agrandaban y se le llenaban de lágrimas, Aristo se sintió cruel y bruto... pero antes de que pudiera decir nada ella dio un paso en su dirección.

—¡Sí, me rendí! Porque estaba sola y asustada —afirmó temblorosa—. Pero aunque no me hubiera rendido y te hubieran llegado mis mensajes no me habrías llamado de todas formas. Sin duda habría surgido algo muy importante en el trabajo y habrías tenido que ocuparte de ello.

Aristo se la quedó mirando en silencio con gesto tenso y los ojos entornados como flechas.

—Esto otra vez no —sacudió la cabeza—. Yo no soy mago como tú, Teddie. No puedo sacar un hotel de una chistera y hacer una reverencia. Trabajo en proyectos globales que dan empleo a diez mil personas. Tengo responsabilidades, compromisos.

Aristo tenía una expresión fría. Era el rostro que

utilizaba cuando volvía tarde a casa del trabajo o cancelaba una cena o se pasaba el fin de semana al teléfono.

–Responsabilidades… compromisos… –la voz de Teddie repitió sus palabras con incredulidad–. Sí, Aristo. Cuatro años atrás tenías una mujer, yo. Y ahora tienes un hijo.

–¡Trabajaba para construir un imperio para ti y que no tuvieras que preocuparte por el dinero!

–Yo no me casé contigo por tu dinero.

Aristo escuchó el temblor de su voz y sintió una punzada en el pecho al ver que le temblaba el labio inferior.

–Y ya eres tremendamente rico. Entonces, ¿por qué sigues trabajando como si tu vida dependiera de ello?

Se hizo un silencio corto e incómodo, y luego, cuando el teléfono de Aristo empezó a sonar otra vez, Teddie aspiró con fuerza el aire.

–Deberías contestar –murmuró–. Está claro que ya no tenemos nada más que decirnos.

Se dio la vuelta y salió a toda prisa de la habitación.

Veinte minutos más tarde, tras haber obtenido la dirección de Melina, George y ella llegaron a la cala adecuada. El barco pirata estaba en las dunas, en la parte de atrás de la playa, con el casco de madera blanqueado como los huesos de algún animal marino. Era más un bote de remos que un barco pirata de verdad con mástiles, pero seguía siendo un barco reconocible y, al verlo, George empezó a guiarla hacia las dunas.

–¡Mira, mamá, mira!

–Sí, cariño. Ya lo veo –se apresuró a decir.

George había estado inusualmente callado durante el paseo y agradecía volver a escuchar un atisbo de su anterior emoción en su voz.

Tras salir del despacho de Aristo lo había recogido en la cocina, explicándole con voz alegre que papá lo sentía mucho porque no podía acompañarlos, pero que quería que fueran sin él.

Al ver la tristeza del rostro de su hijo sintió el deseo de volver al despacho de Aristo, agarrarle el teléfono y lanzarlo por la ventana junto con el ordenador portátil. Sabía exactamente lo que George sentía, y el hecho de que en cierto modo ella hubiera dejado que ocurriera al permitir que su egoísta y adicto al trabajo exmarido entrara en su vida era como sentir una daga entre las costillas.

–¿Quieres entrar? –susurró.

El pequeño asintió y Teddie se inclinó para tomarlo en brazos. Inspeccionaron el barco con cuidado, pero aparte de algún que otro cangrejo sobresaltado no encontraron nada.

George suspiró, y, cuando ella lo miró, vio que tenía los ojos llenos de lágrimas. Con una intensidad que le dolió, deseó haber planeado aquello con tiempo y haber escondido algo para que su hijo lo encontrara.

–Papá sabría dónde está el tesoro –afirmó con tristeza.

–Tal vez… pero no hemos mirado bien. Y los tesoros están normalmente enterrados, ¿no? –razonó Teddie.

–Así es –dijo una familiar voz masculina–. Y ningún pirata que se precie dejaría su tesoro a la vista.

–¡Papá! –George se lanzó a los brazos de su padre.

Teddie alzó la mirada hacia Aristo y sintió que se

le aceleraba el corazón. Llevaba una camisa blanca desabrochada al cuello y unos vaqueros oscuros remangados. También un pañuelo estilo bandana en la cabeza. Pero la barba incipiente era suya.

Estaba increíblemente sexy... pero no iba a permitir que la libido le nublara el buen juicio, ni tampoco iba a exponer a George a más decepciones.

–Creo que deberíamos volver ya –dijo con tirantez–. Ya buscaremos el tesoro en otra ocasión.

Sus miradas se cruzaron por encima de la cabeza de George.

–Confía en mí –dijo en voz baja–. Lo tengo controlado.

Caminó por la playa con el niño dando saltos a su lado. Teddie apretó los dientes y los vio agacharse cerca de unas rocas y luego incorporarse de nuevo. Y en ese momento se dirigían hacia ella.

–¡Mira, mamá!

George estaba dando saltos, y Teddie avanzó a paso rápido por la arena hacia donde estaba señalando con el dedito una gran piedra blanca marcada con una «X». Alzó la vista y miró a Aristo confundida, pero al sentir la intensidad de su mirada entendió de pronto lo que había hecho.

–Se nos debió de pasar antes –murmuró ella.

Aristo levantó la piedra y George y él empezaron a escarbar en la tierra hasta que finalmente dieron con los bordes de una caja de madera. A ojos de Teddie estaba obviamente demasiado bien conservada para ser una reliquia pirata, pero se dio cuenta de que para su hijo era real.

Vio cómo la sacaba y la abría.

–Oh, George –susurró. La caja estaba llena de brillantes monedas doradas–. Qué suerte tienes.

El pequeño alzó la vista para mirarla, con el rostro temblándole de asombro.

–¿Me lo puedo llevar a casa?

–Por supuesto –Aristo tomó la barbilla del niño con la mano–. Esta es mi isla y tú eres mi hijo, y todo lo que tengo es tuyo.

De regreso a la villa, cenaron pronto. George estaba agotado y apenas podía mantener los ojos abiertos, así que Aristo lo acostó y se reunió con Teddie en la terraza.

–Quería darte las gracias por lo de antes –le dijo ella–. Fue algo mágico. Y siento haber llegado a conclusiones precipitadas con la llamada de teléfono –le apretó la mano.

Aristo miró hacia la piscina y frunció el ceño. Bajo el rosado atardecer y con Teddie sentada frente a él con aquel sencillo vestido, la pregunta que le rondaba en la cabeza desde que ella salió de su despacho volvió a surgir con fuerza.

–¿Lo que dijiste antes era en serio? –le preguntó con brusquedad–. ¿No te casaste conmigo por mi dinero?

Aristo podía ver la confusión en su mirada.

–Sí, por supuesto. Me habría casado contigo aunque no hubieras tenido ni un penique –Teddie se encogió de hombros y miró hacia la puerta–. Deberíamos entrar ya.

Aristo guardó silencio unos instantes y luego asintió despacio. Se levantaron y entraron de nuevo en la casa en silencio.

–Quiero hablarte de lo que es el trabajo para mí –dijo de pronto él. Se había detenido al pie de las escaleras y la miraba fijamente–. Sí, sé lo que estás pensando y tienes razón. El trabajo era demasiado importante para mí no solo por el dinero, sino porque me permitía mantenerme centrado en un objetivo. No tendría que haberle dedicado tanto tiempo y energía, pero puedo cambiar. Ya estoy cambiando.

Aristo dio un paso adelante y le rozó suavemente los dedos con los suyos antes de tomarle la mano.

–Los dos estamos cambiando. Míranos ahora hablando.

Le estrechó la mano con más fuerza y sonaba tan vehemente que Teddie no pudo evitar sonreír. Era cierto. La última vez Aristo la había acorralado y ella había huido para no enfrentarse a sus problemas, aunque…

–Aristo, me alegro de que estemos hablando, pero… –vaciló–, no estoy segura de que eso sea suficiente para que volvamos a ser lo que éramos.

–Bien –Aristo la estrechó contra sí y de pronto sus ojos estaban al mismo nivel–. Porque no quiero lo que teníamos antes. Lo que teníamos había que mejorarlo. Esta vez George y tú vais a ser mi prioridad.

A Teddie le latía el corazón demasiado rápido. La oscura mirada de Aristo descansaba sobre su rostro.

–Aunque recuerdo una cosa que teníamos que no creo que pudiera mejorar porque ya era incomparable –murmuró–. Y si no me crees tal vez podría recordártelo.

Sus palabras se le deslizaron por la piel como una suave caricia. Parecía tan seguro de sí mismo y era tan guapo… Teddie podía sentir la tensión de su cuerpo duro al lado del suyo, y supo que debería alejarse, pero en vez de eso alzó la mano y le acarició la cara.

Le escuchó soltar suavemente el aire y aquel sonido provocó que algo se le rompiera como un trozo de hielo dentro del pecho. Lo deseaba tanto que pensó que iba a arder en llamas. Entonces, ¿por qué luchaba contra ello, contra sí misma? ¿Qué punto quería demostrarle a Aristo o a sí misma al negar la atracción que había entre ellos?

Ya tenían un vínculo a través de George. Nada podía ser más permanente y vinculante que un hijo, y Teddie había conseguido aceptarlo poniendo límites.

«Así que deja de complicar las cosas más de lo necesario», se dijo.

La mano de Aristo estaba firme en su cintura, los ojos clavados en su rostro, y Teddie pudo sentir su deseo, sentir el poder bajo la piel. Pero sabía que se estaba conteniendo a la espera de que ella le diera permiso.

Le deslizó un dedo por la línea de la mandíbula y le echó la cabeza hacia delante de modo que sus bocas casi se rozaron.

–No necesito que me lo recuerden –susurró.

La boca de Aristo rozó la suya apenas tocándola, seduciéndola, y deslizó la mano para cubrirle un seno, rozándole el pezón con las yemas de los dedos. Teddie contuvo el aliento y se inclinó hacia él, y luego, tomándole la otra mano, lo guio lentamente hacia el dormitorio.

Acababan de cruzar el umbral cuando él se apartó y luego se detuvo con los ojos entornados.

–¿Es esto lo que quieres, Teddie? –preguntó con voz ronca.

Ella se lo quedó mirando en silencio. Tal vez fuera la magia de la isla, pero sí. Aquello era lo que quería. A él.

–Sí.

Aristo cerró la puerta con un rápido movimiento y luego se inclinó para besarla apasionadamente, deslizándole la mano por la nuca para sostenerle la cabeza. Sus besos se le derramaron como un cálido líquido por la boca, el cuello y el pecho.

El contacto de su boca cálida provocaba que todo ardiera, y Teddie apenas podía soportarlo. Gimió suavemente y entonces su cuerpo empezó a temblar y comenzó a quitarle la ropa con manos torpes por el deseo.

Aristo apartó la boca de la suya, dio un paso atrás y se quitó la camisa. Luego fue a librarse de los pantalones cortos.

—No, espera, déjame a mí —le pidió ella con voz ronca.

Teddie le deslizó las yemas de los dedos por los músculos del estómago y él se quedó muy quieto. Le acarició suavemente la piel, siguiendo el camino de vello oscuro de su cinturilla y más abajo. Cuando trazó la solidez de su erección sintiendo cómo crecía más y se endurecía bajo los pantalones cortos, lo escuchó gemir y sintió cómo le agarraba el pelo.

Le desató despacio el cordel de los pantalones y se los soltó. Se lo quedó mirando en silencio con la boca seca y la respiración acelerada.

—Ahora me toca a mí —murmuró él.

Sus dedos eran ligeros pero firmes. Le desabrochó el vestido, dejó que cayera al suelo y aspiró con fuerza el aire. No llevaba sujetador, solo unas braguitas color melocotón pálido, y tenía el cuerpo moteado de arena. Se la quedó mirando hipnotizado y luego la tomó de la mano y la llevó al baño para meterla en la ducha.

Cuando extendió las manos por sus costillas, Teddie cerró los ojos. El agua caliente se le deslizaba por la piel y sentía el vientre tirante y cálido. Le pasó las manos por el pelo mojado para atraer su cuerpo musculoso y duro, tratando de sacudirse algo de mareo de la cabeza. Lo deseaba con toda su alma, quería sentirlo dentro de su cuerpo y se arqueó impotente contra él apretándose, rogándole con los dedos.

Pero cuando Aristo bajó la boca y le succionó con fuerza los pezones ella gimió y se apoyó contra la pared de la ducha.

Él se quedó quieto, aquel dulce sonido le había devuelto a los sentidos. Alzó la cabeza.

–¿Estás protegida?

Teddie le miró confundida y luego sacudió la cabeza. Aristo gimió y salió de la ducha. Cuando volvió, ella se había quitado las braguitas y su cuerpo se puso duro en respuesta instantánea. Apretó los dientes, se colocó el preservativo y volvió a besarla apasionadamente, saqueándole la boca con la lengua. Le deslizó las manos por el vientre y entre los muslos, y al sentirla moverse contra sus dedos sintió de pronto que le faltaba el aire.

Teddie gimió suavemente. Sentía una tirantez en el cuerpo, y estiró la mano para agarrar su erección. Deslizó los dedos por la rígida longitud y lo acercó hacia sí abriendo las piernas. Lo escuchó jadear y entonces él la levantó y se apoyó contra la pared. Teddie lo guio centímetro a centímetro con la respiración entrecortada hacia su cuerpo tembloroso, donde una bola de fuego había empezado a implosionar

Aristo se apoyó contra ella y empezó a embestirla, al principio de forma desincronizada y luego al ritmo del latido que sentía en la cabeza. Su boca encontró la suya y sintió cómo Teddie respondía y lo besaba más profundamente. El pulso se le aceleraba y, cerrando los ojos, Aristo sintió que su cuerpo empezaba a soltar amarras. Teddie se arqueó y se le agarró a los hombros clavándole las uñas. Sintió que se ponía tensa, la escuchó gritar, y luego su cuerpo se estremeció e hizo erupción dentro de ella.

Capítulo 7

UNA LUZ color marfil saludó a Aristo cuando abrió los ojos varias horas más tarde. Durante unos instantes se quedó tumbado en la cama boca arriba mirando cómo la blanca cortina de muselina ondeaba bajo la suave brisa. Estiró perezosamente los brazos por encima de la cabeza.

Teddie debía de haberse levantado ya.

Como era de esperar, volvía a desearla. Desde el momento en que ella dio el primer paso se convirtió en su esclavo. Y no solo por su belleza ni por cómo se fundía su cuerpo con el suyo. Teddie se había llevado la pesadez de su corazón, hacía que la sangre le corriera más ligera por las venas, y nunca había conocido a nadie como ella ni antes ni después de que entrara en su vida.

A pesar de la innegable atracción que había entre ellos, Teddie lo había mantenido a distancia. Hasta la noche anterior, cuando lo llevó al dormitorio y Aristo se sintió como si hubiera regresado del exilio a la tierra prometida.

Y abrazarla mientras dormía… le había gustado que se apretara contra él, había disfrutado casi a su pesar de la sensación de posesión que había provocado en él. Le resultaba sobrecogedor la facilidad con la que podía perderse en Teddie. Podía sentir cómo las barreras que había colocado alrededor de su corazón empezaban a derretirse como el hielo al sol.

Y eso era lo que iba a suceder.

Sí, quería tener a Teddie en su cama todos los días. Pero ahora que conocía su infancia sabía que lo que hacía falta para que se quedara: necesitaba estabilidad y certeza, algo fijo, y él estaba en disposición de darles a George y a ella lo que necesitaban.

Porque la noche anterior no había sido solo sexo.

Apretó con fuerza las mandíbulas. Había sido una cuestión de arranque, y al igual que en los negocios, cuando se agarraba velocidad era el momento de dar el siguiente paso.

En el caso de Teddie eso significaba convencerla para que se casara con él.

Oyó la voz de George fuera y la respuesta de Teddie. Se le puso la carne de gallina al instante y el corazón le latió con fuerza contra las costillas cuando abandonó el dormitorio y bajó las escaleras para salir a la brillante luz del sol.

Teddie estaba inclinada hacia delante poniendo la mesa, el oscuro cabello se le agitaba libremente sobre los hombros y estaba muy sexy con aquella blusa rosa claro y los vaqueros cortos. George se estaba tomando un cuenco de yogur a su lado.

–Papá, papá… vamos a comer… vamos a comer… –George miró su desayuno y frunció el ceño–. ¿Qué vamos a comer, mamá?

Al mirar hacia Aristo, Teddie sintió que el corazón le latía más fuerte.

Le había costado mucho despertarse y dejar el amoroso calor del cuerpo de Aristo. Pero no tuvo elección. Como la mayoría de los niños pequeños, George se levantaba temprano y no había querido arriesgarse a que descubriera que ella no estaba en su cama.

La luz del día no había cambiado lo que sentía por la noche. Y aunque estaba dispuesta, deseosa incluso, a compartir la cama de Aristo, no se hacía ilusiones. El sexo sublime no bastó para salvar su matrimonio cuatro años atrás, y tampoco sería bastante para reconstruir su relación ahora.

Eso no significaba que se arrepintiera de lo que había pasado. Al contrario, sabía que sucedería de nuevo y quería que así fuera porque deseaba a Aristo, el único hombre que había sido capaz de hacer cantar su cuerpo.

Sobre todo allí, en aquella preciosa isla paradisiaca. Allí estaban lejos de las exigencias de la vida real y resultaba fácil vivir el momento y no pensar más allá. Y cuando todo terminara, como sin duda sucedería, cuando volvieran a Nueva York, Teddie seguiría adelante con su vida.

Entonces, ¿por qué exponer a George a aquel cambio repentino en la disposición para dormir? Solo tenía tres años. Además, acababa de descubrir que Aristo era su padre y aunque se lo había tomado muy bien, no era capaz de entender la compleja dinámica de la relación de sus padres. ¿Cómo iba a explicarle que no se habían querido lo suficiente para hacer que su matrimonio funcionara, pero que la carga sexual entre ellos era tan poderosa que no podían resistirse?

Teddie se aclaró la garganta.

–*Pites*… creo que así ha llamado Melina a los pastelitos –hizo un esfuerzo por mirar a Aristo.

Él asintió y le revolvió el pelo a su hijo.

–Eran mis favoritos cuando yo tenía tu edad. Son deliciosos.

George se giró hacia su madre.

–¿Puedo ir a preguntarle a Melina si ya están? ¿Puedo? –preguntó levantándose.

Teddie resistió el deseo de abrazarlo y utilizarlo como escudo.

–Sí, pero no corras… y no te olvides de dar las gracias –le dijo cuando el pequeño salió corriendo.

Había una ligera brisa en la terraza y Teddie se puso un mechón de pelo tras la oreja. Sabía que debería decir algo, pero no se le ocurría ni una sola palabra.

Sintió una oleada de pánico cuando Aristo se acercó más. ¿Y si trataba de besarla y George lo veía? Teddie se movió hacia la esquina de la mesa.

Aristo observó su rostro con calma. A juzgar por la fría actitud de Teddie aquella mañana estaba claro que no tenía una confianza plena en él. Por un instante consideró la posibilidad de dejarle algo de espacio, pero tenía la responsabilidad de hacer que aquello funcionara, que ella viera por qué tenía que funcionar.

–¿Qué planes tienes para luego? –le preguntó bruscamente.

Ella lo miró con los ojos muy abiertos.

–Ninguno. Seguramente ir a la piscina. ¿Por qué?

–Porque he pensado que tú y yo podíamos pasar la tarde juntos –su oscura mirada le recorrió el rostro–. Los dos solos. Hay algo que quiero enseñarte. Necesitas pasar un poco de tiempo sin ocuparte del niño, y Melina adora a George. Y a él le gusta pasar un rato con ella. Y si hay algún problema podemos estar de regreso en diez minutos. Por eso vamos a ir en lancha motora.

Aristo sonrió y señaló hacia la embarcación, donde Dinos estaba sentado con una mano apoyada en el timón.

–Y Dinos puede pescar sin que Melina intervenga, así que todo el mundo contento

Teddie sacudió la cabeza y sonrió.

–Nunca he entendido lo de la pesca… me parece muy aburrido.

–No es aburrido… es como ir de compras, pero con una caña.

Ella le dio un pequeño golpe en el brazo.

–Está claro que nunca has ido de compras.

–Y está claro que tú nunca has ido de pesca –contraatacó Aristo.

–¿Y tú sí, supongo?

Teddie sintió una oleada de calor cuando la mirada de Aristo se deslizó por ella.

–Solo una vez –él bajó la cabeza y le rozó la mejilla con los labios. Su cálido aliento le provocó una agradable sensación por la piel–. Pero fui poco cuidadoso y la dejé escapar –susurró.

Bajó la cabeza y le besó la boca suavemente con las manos enredadas en el pelo, atrayéndola hacia sí mientras el motor de la lancha se ralentizaba y luego se detenía.

Aristo levantó la boca y miró hacia el agua.

–Adelante –dijo tendiéndole la mano–. ¡Vamos a ver el resto de la isla!

Aquel extremo de la isla era más accidentado, pensó Teddie cuando Aristo la apartó de la playa y de Dinos, que estaba encantado. La playa no era de arena fina, sino de piedrecitas, y el mar era de un azul profundo.

La luz se filtraba suavemente a través de los olivos, pero, cuando el camino empezó a hacerse cuesta arriba, Teddie sintió que le faltaba el aliento.

–Lo siento –Aristo disminuyó el paso y la miró con expresión arrepentida.

Ella frunció el ceño.

–No parecía que fuera una colina desde allí abajo.

–Ya hemos llegado –Aristo sonrió y se giró hacia las ruinas de una especie de monumento–. Esta es la razón por la que compré la isla.

Teddie contuvo el aliento y sacudió la cabeza, asombrada por lo que estaba viendo. Yuxtapuestas contra un cielo imposiblemente turquesa, las pálidas columnas de piedra tenían un aspecto mítico. Casi esperaba ver un centauro saliendo de detrás de una de ellas.

–¿Podemos acercarnos más?

Aristo asintió y la atrajo hacia sí, deslizándole la mano por la espalda mientras su boca cubría la suya. Teddie sintió una oleada de calor y le pareció que su cuerpo se fundía contra la sólida anchura de su pecho. Aristo apartó la boca de la suya con la respiración entrecortada y se la quedó mirando con los ojos brillantes.

–¿Te parece eso lo bastante cerca?

Con el corazón latiéndole a toda prisa, Teddie esbozó lo que pretendía ser una sonrisa despreocupada.

–Me refería a las ruinas –dijo con tono ligero.

–Vamos entonces.

Le tomó la mano en la suya y siguieron un camino flanqueado por salvia y jaras en flor. De cerca las ruinas resultaban impresionantes por su tamaño y por el hecho de que siguieran en pie.

–¿Es un templo? –preguntó girándose hacia él.

Aristo asintió.

–En honor a Ananke, la diosa del destino –murmuró–. Es muy importante porque dirige el destino de dioses y mortales.

Aristo la besó mientras hablaba, besos ligeros pero fervientes en la boca y en el cuello. Teddie estaba perdiendo concentración, perdiéndose en la sensación de sus labios en la piel. De pronto él se apartó, dio un paso atrás y la sostuvo suavemente por los hombros.

–¿Eres feliz?

Teddie le miró confundida.

–¿Qué quieres decir?

–¿Eres feliz aquí? ¿Conmigo?

Sus palabras hicieron que le diera un vuelco el estómago, pero aunque consideró la posibilidad de mentir, asintió lentamente.

–Sí, pero… no es tan fácil –murmuró frunciendo el ceño.

–Podría serlo –afirmó él con decisión–. Y quiero que lo sea. Solo necesito que le des una segunda oportunidad a nuestra relación. Que me des a mí una segunda oportunidad para que pueda ser el marido que te mereces y el padre que George necesita. Quiero casarme contigo.

Teddie no podía hablar. Le daba demasiado miedo acceder a lo que él le estaba pidiendo… como había hecho cuatro años atrás.

Le dio un vuelco el corazón.

–No puedo casarme contigo –le puso las manos en el pecho hasta que sintió cómo él se las soltaba y luego daba un paso atrás para dejarle espacio–. Lo siento, Aristo, pero no puedo. Sé que parece que las cosas pueden funcionar entre nosotros, pero esto no es la vida real, y cuando nos marchemos de la isla no será lo mismo. Y lo sabes.

Sentía como si tuviera papel de lija en la garganta.

–Tú y yo… –alzó la vista para mirarle con los ojos empapados en lágrimas–. Lo nuestro es imposible.

–¿Más imposible que Elliot eligiera reunirse con Claiborne en mi hotel? ¿O que tú acudieras en su lugar en el último momento? –su mirada oscura le quemaba la cara–. Lo imposible sucede todo el rato, Teddie. Es el destino.

Ella sacudió la cabeza.

–Me hiciste daño.

El temblor de su voz parecía pertenecer a una persona completamente distinta. No había sido su intención decirlo de manera tan brusca, y mucho menos en alto y a Aristo.

–Nos hemos hecho daño el uno al otro –murmuró él tras una breve pausa–. Pero ya no somos esas personas, así que olvidemos lo que sucedió entonces. Cásate conmigo y podremos empezar de nuevo.

Teddie se lo quedó mirando en silencio. Sería muy fácil decir que sí. Había muchas cosas buenas entre ellos, y sabía que George se pondría muy contento, y también que se sentiría muy triste si volvían a casa sin Aristo.

–Antes me has preguntado si soy feliz, y lo soy –dijo tratando de aligerar el ambiente–. Los dos lo somos. Entonces, ¿por qué añadir complicaciones innecesarias?

Casi podía verlo examinando sus palabras, sopesando la respuesta. Se le aceleró el corazón.

–Para ser alguien que afirma que quiere sinceridad y apertura estás siendo un poco falsa. Está claro que el matrimonio simplificaría las cosas entre nosotros. Y, desde luego, a George.

Teddie se lo quedó mirando un instante en silencio.

–¿Cómo? ¿Mudándose de la única casa que ha conocido en su vida a un mausoleo en el centro de la ciudad? Tiene amigos, una rutina y una vida.

–Y ahora también tiene un padre. ¿O soy menos importante que el niño que se sienta aleatoriamente a su lado a la hora de comer? –sacudió la cabeza–. Los niños cambian de amigos todo el rato a esa edad, Teddie.

–Lo sé –afirmó ella con sequedad–. Y no, no creo que tú seas menos importante. Pero eres un ingenuo. ¿Te estás escuchando? Nos tropezamos en un hotel hace menos de una semana y ahora quieres que nos volvamos a casar… ¿quién hace algo así, Aristo?

Él mantuvo una mirada fría.

–Nosotros. Hace cuatro años. Bueno, aunque fueron siete semanas, no una.

–¡Y mira cómo terminó! –Teddie le contemplaba sin dar crédito a lo que oía–. No fue precisamente el matrimonio perfecto.

Aristo se apoyó contra una columna. El guion que había preparado en su cabeza se iba desarrollando… y más deprisa de lo que se había imaginado. «Céntrate», se dijo. «Recuerda para qué la has traído aquí».

–Esta vez será diferente. Dentro de seis semanas mi empresa saldrá a bolsa. Puedo daros a ti y a George todo lo que necesitáis, todo lo que siempre habíais querido. Podéis venir incluso al evento. A lo mejor dejan que George toque la campana de la bolsa.

A Teddie le temblaron las piernas. Estaba mareada y confusa. Creía que estaban hablando de casarse, y sin saber cómo habían terminado hablando de trabajo. Incluso ahora, cuando Aristo se estaba declarando, ella quedaba en cierto modo relegada a un segundo puesto.

–¿Así que de esto se trata? ¿De hacerse una foto para el imperio Leonidas?

–No, por supuesto que no…

–¿Cómo que «por supuesto que no»? Todo lo que haces está al final relacionado con el trabajo.

Teddie apartó los ojos de él, dio un paso atrás y se abrazó a sí misma sintiendo su vulnerabilidad.

–No deberíamos habernos casado nunca. Lo que pasara en tu cama anoche no cambia ese hecho, y desde luego no significa que tengamos que casarnos otra vez.

–Teddie, por favor…

–¿No lo ves? No tengo elección –sentía las lágrimas en los ojos y sabía que no podría detenerlas–. No tiene sentido seguir hablando de esto. Voy a volver al barco.

Cuando pasó por delante de él lo escuchó maldecir en griego, pero ya era demasiado tarde… ya iba a mitad de camino corriendo.

Capítulo 8

TEDDIE cerró el libro de golpe y lo dejó a los pies de la cama.

Era una novela romántica con una heroína que le gustaba mucho y un héroe que en aquellos momentos odiaba. Llevaba media hora intentando leer, pero no podía concentrarse en las palabras. Otras palabras más vívidas y más importantes le daban vueltas por la cabeza.

Casi podía escuchar la voz de Aristo, sentir la intensidad de su mirada frustrada, oler su aroma en su propia piel… aunque se había duchado, su presencia seguía inundándole los sentidos.

El trayecto de regreso en la lancha le había parecido interminable. Había esperado que Aristo la siguiera, aunque fuera para decir la última palabra. Luego le dio miedo que volviera por sus propios medios dejándole a ella la responsabilidad de tener que explicarle su ausencia a Dinos.

Pero no tuvo que preocuparse por ninguna de las dos cosas. Aristo apareció unos cinco minutos después y fue como si retomara la vida donde la habían dejado unas horas antes, hablando con Dinos sobre la pesca del día.

De regreso a la villa, la cháchara inocente de su hijo fue una distracción bienvenida, pero Teddie no dejaba de temer el momento en que volvieran a quedarse a solas.

Solo que una vez más se había preocupado sin necesidad, porque Aristo se excusó educadamente tras darle a George un beso de buenas noches. Y ella tendría que estar complacida, agradecida incluso, porque al parecer por fin había captado el mensaje. Pero se sintió extrañamente decepcionada y ahora, allí tumbada, no podía apartar la sensación de pérdida que había amenazado con apoderarse de ella desde que se marchó del templo.

Se puso de lado y apagó la luz de la mesilla, deseando tener también un interruptor en el cerebro para apagar sus confusos pensamientos.

Le resultaba casi imposible pensar que aquella misma mañana había hecho las paces consigo misma, aceptando que el deseo sexual que sentía por Aristo no era algo de lo que debía avergonzarse ni lamentar. Que era algo que le sucedía y no tenía sentido luchar contra ello ni cuestionárselo.

Pero aunque estaba dispuesta a dejarse llevar por la tentación de tener una relación sexual con Aristo, el matrimonio era algo contra lo que iba a seguir resistiéndose. Había pasado demasiado tiempo batallando con la devastación y el caos provocados por los hombres en su vida y no permitiría que le volviera a ocurrir, ni a ella ni a su hijo.

Teddie miró la luz de la luna a través de las cortinas y sintió que se le encogía el corazón. Tal vez una aventura no habría sido lo que escogiera si hubiera podido tener exactamente lo que quería. Pero en aquel momento le bastaba. Lo único que quería era vivir cada minuto lo más plenamente posible hasta que llegara el inevitable momento de la separación cuando regresaran a Nueva York.

Y podría haber funcionado. Pero, como era habitual en él, Aristo tuvo que presionar...

Se le puso el estómago tenso por la frustración. Nada era nunca lo bastante bueno para él. Tenía una casa preciosa en una de las ciudades más vibrantes y llenas de vida del mundo, otra en Atenas, aquella isla de ensueño y quién sabía cuántas propiedades más repartidas por el globo. Poseía una cadena de hoteles y resorts y seguramente se retiraría ahora. Pero Teddie sabía que nunca se detendría, que siempre habría algo que lo llevaría a buscar el siguiente objetivo.

En aquel momento era conseguir que Teddie se casara con él. Y si ella accedía entonces vendría otra cosa.

¿Por qué no podían dejar las cosas como estaban? ¿Por qué no podían disfrutar de la ausencia de complicaciones de aquella nueva versión de su antigua relación? ¿Qué tenía de malo dejar que las cosas siguieran siendo simples por unos días más?

Teddie no entendía por qué no podía satisfacerse, y estaba cansada de no entender. De pronto sintió la necesidad imperiosa de hablar con él.

Se levantó de la cama, se puso una bata y cruzó el dormitorio con decisión. Pero cuando llegó a la puerta se detuvo, la rabia y la frustración que la habían conducido hasta allí se desvanecieron tan rápidamente como habían surgido.

¿De verdad quería tener aquella conversación en aquel momento?

No. Pero no le quedaba más remedio.

Tal vez ya no fuera su marido, pero iba a tener que tratar con Aristo regularmente, y no funcionaría nunca si permitía que el asunto de volver a casarse se quedara sin resolver. Conociendo a Aristo, no iba a rendirse sin luchar. Así que le daría esa lucha.

Abrió la puerta con el corazón latiéndole con

fuerza y entró con decisión en el recibidor tenuemente iluminado. Pero antes de que hubiera podido dar un par de pasos se le trabaron los pies y se detuvo de golpe, con el pulso latiéndole con fuerza en la base del cuello.

Aristo estaba sentado en el suelo con las largas piernas estiradas frente a él, bloqueándole la entrada. Teddie lo miró en asombrado silencio.

–¿Qué haces? –le preguntó con voz ronca viéndolo ponerse de pie con un suave movimiento.

Aristo se encogió de hombros.

–No podía dormir, así que me levanté para trabajar un poco. Pero no puedo concentrarme –la miró y esbozó una sonrisa–. Tal vez esto te sorprenda, pero parece que al final no todo tiene que ver con el trabajo después de todo.

Teddie reconoció sus propias palabras, aunque sonaban distintas cuando las pronunciaba él. Menos como una acusación y más como autodesprecio. Pero aunque fuera cierto, sabía que seguramente solo estaba intentando una nueva táctica.

–¿Y entonces decidiste estirar las piernas? –dijo mirándole las largas extremidades con sus grandes ojos verdes muy abiertos y retadores–. ¿Qué quieres, Aristo?

Él no apartó la mirada.

–Quiero hablar contigo. Iba a llamar a tu puerta, pero tenías la luz apagada y pensé que estarías durmiendo.

Teddie vaciló y luego sacudió la cabeza.

–Yo tampoco podía dormir. De hecho, yo también quería hablar contigo. Iba en tu búsqueda.

Aristo sintió un tirón en el pecho. Al ver a Teddie salir prácticamente corriendo del templo tuvo que reunir hasta el último átomo de su fuerza de voluntad para evitar salir tras ella y exigirle que accediera a la única salida que había para ellos. En aquel momento supo que necesitaba un tiempo para calmarse, así que se quedó allí de pie y la vio desaparecer mientras esperaba a que se le calmara el latido del corazón. Y luego, cuando volvió a la villa, le resultó imposible dormir. En su habitación todavía resonaba la presencia de Teddie de la noche anterior. Pero aunque no hubiera sido así, no habría sido capaz de pensar en otra cosa que no fuera ella.

Y no se trataba solo de sexo.

En muchos sentidos aquello habría sido más fácil, más directo. Aristo apretó los dientes. Pero lo cierto era que con Teddie las cosas nunca eran sencillas. Era un truco de magia imposible de resolver, desconcertante, seductor y excitante. No había más que verla ahora. Aunque hubiera dicho que quería hablar, la expresión de su rostro era un híbrido perfecto entre el desafío y la duda, y Aristo podía percibir que se estaba preparando o bien para la lucha o para salir huyendo. Contrajo los músculos. No quería seguir peleándose con ella, pero tampoco quería ahuyentarla.

Y no podían quedarse allí en la oscuridad para siempre.

–No quiero forzar esto –empezó a decir con la esperanza de que Teddie entendiera sus palabras como una invitación y no como una trampa–. Así que voy a ir a sentarme a la piscina. Si quieres unirte a mí, fantástico. Si no te veré por la mañana.

Fuera el aire estaba algo más fresco, y Aristo lo aspiró con fuerza tratando de calmar el latido de su corazón. ¿Había dicho lo suficiente para tranquilizarla y que supiera que podrían sobrevivir a aquella conversación?

No estaba seguro, y el silencio se extendió en la noche de tal modo que estuvo a punto de darse la vuelta y volver a la villa. Entonces la vio acercarse muy rígida. Se detuvo frente a él.

–No quiero discutir, Teddie –dijo él tras un instante–. Lo único que quiero es intentar arreglar esto.

–¿Arreglar qué? –ella lo miró un instante y luego clavó la vista en la oscuridad–. ¿A mí? ¿A nosotros? Porque yo no necesito que me arreglen, muchas gracias, y no existe un «nosotros».

–¿Y qué me dices de anoche?

–Lo de anoche fue sexo, Aristo.

–No fue sexo… fue pasión –murmuró él.

–Llámalo como quieras. Solo es química, hormonas –aseguró Teddie con voz despreocupada–. Nada más.

–¿Nada más? –repitió Aristo con incredulidad–. ¿Crees que lo de anoche fue algo normal y corriente?

–No, por supuesto que no –a Teddie se le sonrojaron las mejillas–. No digo que lo que tenemos no sea especial. Sé que lo es. Por eso tenemos este acuerdo, ¿no podemos simplemente disfrutarlo? ¿Por qué tenemos que seguir hablando de matrimonio?

Aristo apretó un músculo de la mandíbula de manera casi imperceptible.

–Porque este «acuerdo» funciona aquí, pero no es práctico a largo plazo.

–¿Práctico? –Teddie aspiró con fuerza el aire–. Creí que estábamos hablando de pasión, no de colocar unas estanterías.

Aristo la miró fijamente y ella vio algo tembloroso en sus ojos oscuros.

–Entonces, ¿tú cómo lo ves, Teddie? ¿Vamos a tener sexo por las tardes, cuando George esté en el colegio? ¿Vamos a tener que levantarnos antes y cambiar de cama cada vez que uno de nosotros se duerma
en la del otro? –esbozó una sonrisa–. Pero supongo
que no tienes una cama de sobra, así que ¿cómo vamos a hacerlo? ¿Esperas que duerma en el sofá?

Teddie apretó los puños.

–Esa es la cuestión. Yo no espero nada. Y tú tampoco deberías esperar nada de mí… y menos el matrimonio –afirmó frustrada–. Seamos sinceros. Lo que
buscas de mí es sexo, pero quieres que sea tu mujer
porque necesitas una esposa.

–No una esposa cualquiera. A ti.

Teddie sacudió la cabeza.

–No sabes nada de mí en realidad –le espetó. Estaba empezando a sentirse acorralada porque Aristo
solo quería ver las cosas desde su punto de vista–. Y
lo que es peor: no quieres saberlo. Tienes tu idea de lo
que debe ser una esposa y yo no soy así, Aristo. No te
molestes en intentar explicarme que estoy equivocada. Sé que no soy lo suficientemente buena. Lo sé
desde que tenía cinco años…

Teddie guardó silencio de pronto, asombrada no
solo por la cara de impacto de Aristo, sino por las
palabras que acababa de decir en voz alta. Porque
hasta aquel momento el tema de su padre nunca había
sido motivo de conversación.

–¿De qué estás hablando? –le preguntó él con suavidad.

Teddie sacudió la cabeza, no se atrevía a hablar por
temor a lo que pudiera decir a continuación.

–No es nada –murmuró finalmente–. Solo una pequeña y triste historia que no quieres oír.

Con el corazón en un puño, temeroso de perderla pero más temeroso aún de perseguirla, Aristo la vio caminar en la oscuridad y contó despacio hasta diez mentalmente antes de seguirla.

Estaba sentada al lado de la piscina con la cabeza gacha y los pies en el agua.

–Sí quiero oírla. Quiero oírlo todo.

Se hizo una breve pausa y luego Teddie dijo con voz pausada:

–La primera vez que mi padre se fue no lo eché de menos. Era demasiado pequeña, un bebé. Volvió cuando yo tenía la edad de George más o menos. Entonces se quedó el tiempo suficiente para que me importara cuando volvió a marcharse, lo que ocurrió cuando tenía cinco años. Y luego otra vez a los ocho y a los nueve.

Ella alzó la vista para mirarle un instante y Aristo asintió, porque no sabía qué decir.

–Siempre andaba persiguiendo algún plan para hacerse rico, prometiendo cosas que no podía cumplir, pidiendo prestado dinero que no podía devolver, jugándose lo que tenía en las apuestas. A veces sacaba un mazo de cartas y me enseñaba algún truco. Era bueno, y seguramente podría haberse hecho un nombre dentro del mundo de la magia... pero le gustaba el riesgo y eso fue lo que hizo cuando yo tenía catorce años. Fingió ser abogado y lo pillaron tratando de robarle a una viuda los ahorros de su vida.

Apartó la mirada. Aristo se dio cuenta de que estaba intentando mantener la calma.

–Creo que hasta entonces había tenido suerte. Era guapo y encantador, y normalmente se libraba de todo. Pero tal vez se le acabó la suerte o su encanto no pudo seguir tapando todas las mentiras. En cualquier caso, lo enviaron ocho años a prisión.

Teddie lo miró a los ojos y esa vez no pudo seguir guardando silencio.

–Lo siento mucho… no puedo ni imaginarme lo que debió de ser para ti.

Ni tampoco lo había intentado. Por supuesto que no sabía la historia entera, pero había estado demasiado envuelto en sus propios miedos y dudas para pararse a considerarlo.

–¿Sabes cuál fue la parte más triste? No era tan malo que estuviera en prisión. De hecho, era mejor que cuando desaparecía normalmente. Ya ves, era la primera vez que sabía dónde estaba. Y se alegraba de verme, algo que anteriormente no sucedía con frecuencia. Normalmente estaba distraído ideando algún plan absurdo.

Y entonces lo conoció a él, pensó Aristo tragando saliva y sintiendo cómo la culpabilidad le quemaba la garganta. Un hombre que la llevó a una torre alta en una ciudad desconocida, la cubrió de regalos y promesas que no supo cómo cumplir y luego la descuidó… no por un plan absurdo, sino para construir un imperio.

No era de extrañar que le resultara tan difícil confiar. Su padre había colocado los cimientos y Aristo había reforzado sin darse cuenta sus razones para sentirse así.

–No sé cómo pudiste sobrevivir a algo así –murmuró. Y no solo había sobrevivido. Se había enfrentado a innumerables obstáculos y había triunfado.

Ella se encogió de hombros.

–Todo empeoró antes de mejorar. Mi madre perdió casi completamente la cabeza. Tuve que quedarme en casa para cuidar de ella y mi escuela se implicó, llamó a Servicios Sociales y tuve que irme a vivir con unos padres de acogida. Pero no encajamos bien y no hacía más que escaparme, así que terminé en una casa de acogida.

Teddie tragó saliva. No podía mirarle, no quería ver la compasión reflejada en sus ojos.

–Pero no estuvo tan mal. Allí fue donde conoció a Elliot –afirmó desafiante.

–Teddie… –murmuró Aristo poniéndole una mano sobre la suya.

Ella se apartó. Si la tocaba estaría perdida, pero él volvió a tomarle la mano y entrelazó los dedos con los suyos.

–No quiero tu compasión –dijo cerrando los ojos para contener las lágrimas.

–No siento compasión –afirmó él levantándole la barbilla para obligarla a mirarlo–. Siento admiración.

Teddie se mordió el labio inferior. Cuatro años atrás pensó que escuchar la verdad le daría a Aristo una razón de peso para dejarla, y sin embargo allí estaba ahora abrazándola.

–Tendría que haberte contado la verdad antes. Pero pensé que te cansarías de mí antes.

Él sacudió con energía la cabeza.

–¿Cansarme? ¿En serio? –frunció el ceño–. ¿Pero no sabes lo enamorado que estaba?

Se hizo un silencio. Al parecer, Aristo estaba intentando entender por qué pensaba que se habría cansado de ella.

–En realidad, no se trataba de ti… sino de mí. Antes incluso de que nos casáramos me sentía una impostora. Y cuando me mudé a tu apartamento entré en pánico. Me sentía como cuando era una niña con mi padre. No me veía capaz de atraer tu atención. Estabas muy centrado en el trabajo.

–Demasiado centrado –él suspiró–. Eres una persona increíble, Teddie, y tu padre fue un idiota por no verlo. Te merecías algo mejor.

Aristo le besó suavemente la frente, y la suavidad de aquel contacto hizo que se derritiera por dentro.

–Y te mereces algo mejor que yo –murmuró pasándole un brazo por la cintura–. Nunca quise hacerte daño. Solo quería que contigo fuera diferente.

–¿Diferente de qué? –preguntó ella.

Aristo frunció el ceño. Era la primera vez que pronunciaba aquellas palabras en voz alta. La primera vez que se reconocía aquello en voz alta a sí mismo.

–De lo que me imaginé, supongo –vaciló un instante con el pulso acelerado–. Del matrimonio de mis padres.

Los ojos verdes de Teddie lo miraron con dulzura.

–Creía que habías dicho que fue civilizado.

Aristo torció los labios.

–El divorcio fue civilizado… sobre todo porque ellos apenas intervinieron. Pero el matrimonio fue absolutamente tóxico. Recuerdo de niño a mi madre completamente insatisfecha con mi padre, sus amigos, la casa…

Aristo hizo una pausa y ella sintió temblar los músculos de su brazo.

–Y conmigo –dijo finalmente.

Teddie tragó saliva. Sentía que estaba sentada en arenas movedizas. Aristo parecía muy convencido, pero no podía ser verdad. Ninguna madre sentiría algo así. Pero sabía que si estaba triste George siempre se preocupaba de que él hubiera hecho algo mal…

–Puede que no fuera feliz, pero estoy segura de que no tenía nada que ver contigo. Eres su hijo.

Aristo se giró hacia ella con una sonrisa tirante.

–Tiene dos hijos, pero prefiere al otro. El que no le recuerda a su mediocre primer marido.

La mano de Teddie aleteó contra su cara e iba a protestar de nuevo, pero él le agarró los dedos.

–Cuando yo tenía cinco años se mudó a un apartamento de la ciudad. Me dejó atrás. Dijo que necesitaba espacio, pero para entonces ya estaba con Peter.

Aristo sintió un nudo en la garganta al ver la expresión de asombro de Teddie. Pero quería ser sincero con ella y contarle las verdades más dolorosas.

–No pasa nada. Lo tengo asumido –miró hacia el agua y frunció el ceño–. Bueno, a lo mejor no. Ya no lo sé.

Teddie se lo quedó mirando con incertidumbre. Su propia madre también era un caso perdido, pero nunca había dudado de su amor… solo de su capacidad.

–Pero debe de estar muy orgullosa de ti, de todo lo que has conseguido. Has trabajado muy duro.

Aristo estaba quieto como una estatua.

–Sí, trabajo. No como mi hermanastro, Oliver, que tiene un título y una hacienda. Aunque no es culpa suya –añadió–. Es solo que sus sentimientos fueron más obvios cuando él nació.

Tenía una voz neutra, pero Teddie pudo sentir su dolor y se le encogió el pecho.

–¿Pero le tienes cariño? –dijo rápidamente tratando de encontrar algo positivo.

Aristo se encogió de hombros.

–En realidad, no lo conozco. Tiene siete años menos que yo y me mandaron a un internado cuando él nació. Supongo que estaba celoso del amor que le daba mi madre. Me he pasado la mayor parte de mi vida tratando de ganarme ese amor.

Teddie apretó los dedos con tanta fuerza que le dolió, y Aristo sonrió con tirantez.

–Dejó a mi padre porque pensó que no era lo bastante bueno, y supongo que yo me imaginé que todas las mujeres eran como ella, que siempre querían más, tener la mejor versión posible de la vida.

–Yo nunca quise eso –murmuró Teddie.

Los grillos empezaban a guardar silencio a medida que el aire de la noche se hacía más fresco.

–Lo sé. Lo sé ahora –se corrigió–. Pero supongo que en aquel entonces siempre estaba esperando que me dejaras. Cuando volví de aquel viaje después de que discutiéramos sobre que dejaras tu trabajo y te habías ido a ver a Elliot, me convencí a mí mismo de que estabas mintiendo. Que no solo necesitabas espacio.

–Sí que necesitaba espacio –Teddie le miró con ansiedad–. No te iba a dejar.

–Lo sé –Aristo apretó las manos de Teddie entre las suyas–. La culpa es mía. Pero estaba tan convencido de que ibas a actuar igual que mi madre y tan desesperado por no ser como mi padre que terminé creando las condiciones perfectas para que pasara.

–No fuiste tú solo.

Teddie retiró las manos de las suyas y se abrazó a sí misma, impactada no solo por el controlado dolor de su tono de voz, sino por lo que ambos habían apartado de sí cuatro años atrás.

–Me sentía sola y no era feliz, pero no me enfrenté a los problemas… no me enfrenté a ti. Hui igual que cuando era adolescente.

–Yo también habría huido de mí –el rostro de

Aristo se ensombreció–. Sé que no fui un buen marido y que trabajaba demasiado, pero para mí era difícil renunciar al trabajo porque ha sido algo muy importante para mí durante mucho tiempo. Entonces no entendí cómo te afectaba a ti, a los dos… pero he cambiado. Ahora lo entiendo, y tú eres lo importante para mí, Teddie. George y tú.

Ella quería creerle, y le resultaría mucho más fácil hacerlo ahora, después de hablar con él. Se le llenaron los ojos de lágrimas y sintió cómo las barreras que había levantado mucho antes incluso de conocerlo empezaban a derrumbarse.

Tal vez podrían conseguir que funcionara. Tal vez el pasado fuera reversible. Y si los dos elegían comportarse de forma distinta tal vez el resultado sería diferente también.

Aristo la atrajo hacia sí y ella le extendió los dedos por el pecho sintiendo cómo le latía el corazón contra la palma de la mano.

–Por favor, Teddie, dame una segunda oportunidad. Es lo único que te pido. Solo quiero dejar el pasado atrás y empezar de nuevo.

Tenía la mirada fija en ella, y la intensidad y la certeza de sus ojos hicieron que se le acelerara el corazón.

–Yo también quiero eso –reconoció con tono ronco–. Pero hay mucho en juego si volvemos a equivocarnos.

Pensó en su hijo y en la vida sencilla que habían compartido durante tres años.

–Lo sé –murmuró Aristo–. Por eso no permitiremos que salga mal.

Si pudiera conseguir que ella dijera que sí…

Teddie vaciló mientras deslizaba la mirada por su

rostro. Aristo sintió una primer y débil llama de esperanza y tuvo que contenerse para no estrecharla entre sus brazos y besarla hasta que accediera.

—Esta vez las cosas saldrán bien —dijo con dulzura—. Te lo prometo.

A Teddie le daba vueltas la cabeza. Aquello era lo que quería, lo que siempre había querido. Él era lo que siempre había querido porque nunca había dejado de amarlo.

Se le aceleró el pulso. Alrededor de ellos había una gran quietud, como si aquel momento de revelación hubiera detenido a los grillos e incluso el movimiento del mar.

Escudriñó el rostro de Aristo. ¿Sería posible que él sintiera lo mismo?

Al observar su rostro rígido y hermoso supo que en aquel momento no estaba preparada para conocer la respuesta a aquella pregunta o para siquiera plantearla. Todavía no había contestado a su proposición de matrimonio y lo cierto era que no sabía a qué estaba esperando. Sabía lo que quería porque en el fondo nunca había dejado de quererlo.

—Sí, me casaré contigo —dijo con voz pausada.

Entonces él le deslizó los dedos por el pelo y la atrajo hacia sí, besándola apasionadamente.

Y ya solo existió Aristo, sus labios, sus manos y una sensación de plenitud como ninguna otra.

Capítulo 9

TEDDIE se movió en el colchón y parpadeó, abriendo los ojos para encontrarse con la mirada fija de Aristo. Era la última mañana de sus vacaciones. Al día siguiente volverían a Nueva York y pasarían la primera noche como familia en lo que ella consideraba el mundo real.

Habían pasado tres días desde que accedió a ser su esposa... otra vez. Pero se le seguía formando un nudo en la garganta al pensar en ello.

Lo amaba. Más incluso que antes. Cuatro años atrás estaba fascinada por su perfección, pero ahora eran sus fallos los que le habían atrapado el corazón, el hecho de que se sintiera inseguro y confiara en ella lo suficiente para admitirlo.

–¿Qué hora es?

Teddie estiró ligeramente los brazos y él le deslizó una mano por el vientre.

–¿Qué hora quieres que sea?

Los dedos de Aristo le trazaron el contorno del ombligo y ella tuvo que hacer un esfuerzo por hablar.

–Temprano –susurró.

–Entonces estás de suerte –le tiró suavemente de la cintura y la atrajo hacia sí para que pudiera sentir el calor que le irradiaba del cuerpo.

Se inclinó hacia delante y la besó suavemente, rozándole la boca con los labios y luego deslizándolos por el cuello. Teddie lo atrajo hacia sí extendiéndole los dedos por los hombros mientras él se estiraba sobre su cuerpo.

Entró en su interior, primero con suavidad, deslizándose centímetro a centímetro, y luego con más urgencia. Jadeó con el rostro tenso por la concentración, y Teddie supo que se estaba controlando. Se estremeció disfrutando del poder que ejercía sobre él.

Como si le hubiera leído el pensamiento, Aristo maldijo entre dientes y se giró, colocándola encima de él. Levantó los brazos y le cubrió los senos con las manos, jugando con los pezones, sintiendo cómo se endurecían, preguntándole en silencio con la mirada y recibiendo su consentimiento mudo mientras le agarraba los brazos y se los pegaba al cuerpo.

Y entonces su boca se cerró alrededor de un pezón, succionándolo con fuerza, moviéndose hacia el otro pecho hasta que la sintió arquearse contra él. La escuchó jadear y luego, alzando la boca, vio cómo se le sonrojaban las mejillas.

—Eres preciosa —murmuró—. Quiero verte.

Teddie se apretó contra él. Podía sentir la imposible dureza de su erección, ver cómo se hacía cada vez más gruesa, y se movió con más rapidez guiando sus movimientos, deseando satisfacer aquel ansia interior.

Aristo gimió, le soltó los brazos y la atrajo más hacia sí para penetrarla con mayor profundidad hasta que ella también le arremetió con todo el cuerpo temblando mientras Aristo se ponía tenso en su interior, apretando los músculos en un último y jadeante estremecimiento.

Después se quedaron abrazados el uno al otro con

los cuerpos húmedos y calientes, ajustados con una simetría que parecía tan milagrosa como un truco de magia. La luz de la mañana se iba haciendo más pronunciada y pronto tendrían que levantarse, pero por el momento parecía como si el latido de sus corazones y las suaves sombras del dormitorio estuvieran reteniendo el tiempo.

Teddie sintió que se le encendía el rostro. A pesar de haber reconocido para sus adentros lo que sentía por Aristo, había algo que todavía le impedía decirle que le amaba. Había racionalizado su actitud, por supuesto, diciéndose que su amor no necesitaba ser anunciado públicamente ni ser correspondido. Aunque en ocasiones se preguntaba si no tendría más que ver con el miedo a cómo reaccionaría Aristo.

Teddie suspiró y decidió cambiar de tema mental para que su cabeza descansara.

—No me puedo creer que esta noche volvamos a Nueva York…

Aristo se giró para mirarla.

—Ni yo. Me gustaría quedarme aquí contigo para siempre —jugueteó con un mechón de su pelo—. Podríamos quedarnos un par de días más aquí… una semana incluso.

Ella se lo quedó mirando fijamente. La cabeza le daba vueltas. ¿Se daba cuenta Aristo de la magnitud de sus palabras? No solo le estaba ofreciendo quedarse en la isla, sino que estaba dispuesto a dejar a un lado el trabajo para ello.

El corazón le latía con fuerza. Durante los últimos días había sido inmensamente feliz. Apenas se separaban ni un momento, y Aristo nunca había sido más atento. Pero una parte de ella no había podido evitar preguntarse si aquello cambiaría cuando aterrizaran en Nueva York. Si su promesa de cambio se desvanecería con el viento.

–Por supuesto que quiero quedarme…

Teddie vaciló. Su trabajo había sido siempre un motivo de discusión entre ellos, pero esa vez no podía salir huyendo. Y lo que era más importante: no quería hacerlo.

–Pero el sábado tengo la noche inaugural del Castine. Tengo que estar allí.

Se preguntó cómo respondería él a que antepusiera su trabajo, pero no pudo leer nada en su mirada.

Se hizo un breve silencio y luego Aristo se inclinó hacia delante y la besó con dulzura.

–Entonces allí estaremos.

Teddie tardó unos instantes en registrar la elección de palabras de Aristo, y de repente se dio cuenta de lo que había dicho.

–No sabía que tenías pensado venir –dijo con timidez.

Aristo la miró sin parpadear.

–No me lo perdería por nada del mundo –afirmó atrayéndola hacia sí para besarla.

Los dos días siguientes los dedicaron a hacer lo mismo. Se despertaban temprano y hacían el amor hasta que la luz de la mañana brillaba con la suficiente fuerza como para ir a despertar a su hijo. Desayunaban y comían en la terraza, y cuando salía el sol se repartían entre la piscina y la playa. Luego, cuando George se echaba la siesta, se retiraban a la habitación de Aristo y se desnudaban el uno al otro para hacer el amor hasta que se quedaban dormidos.

Aquel día era el más caluroso, y habían bajado a la playa en busca de algo de brisa.

Teddie estiró las piernas y miró hacia el cielo azul.

–Se me había olvidado contártelo… Elliot me ha mandado un mensaje.

Aristo frunció el ceño.

–¿Hay algún problema?

Vio cómo Teddie miraba hacia donde George saltaba entre las suaves olas que ondulaban sobre la pálida arena. La relación tan natural que ella tenía con su hijo seguía siendo una fuente de maravilla y felicidad para él.

Teddie sacudió la cabeza.

–No, es una buena noticia. Al parecer, Edward ha invitado a un grupo de sus amigos famosos para que vayan a la inauguración. Hay un jugador de tenis, algunos actores y esa artista que cantó en la Super Bowl, no recuerdo su nombre.

Aristo le tomó la mano y se la besó.

–Da igual. Te van a amar todos.

Teddie sonrió automáticamente.

«No tanto como te amo yo a ti».

El corazón le latió con fuerza cuando Aristo se inclinó hacia delante y se quitó algunos granitos de arena del brazo sin inmutarse por sus palabras. Como era de esperar, porque no las había dicho en alto.

Alzó la vista para mirarle y la apartó al instante. ¿Por qué estaba siendo tan tibia con aquel asunto? Era la oportunidad perfecta para decirle la verdad, pero las palabras se le quedaron atrapadas en la garganta mientras Aristo entrelazaba los dedos con los suyos.

–Bueno, lo normal es que no acudan todos –Teddie sonrió.

–Irán. Y yo también estaré allí –susurró él besándole suavemente el cuello.

Nunca se había sentido tan relajado. Pero no solo

relajado, reflexionó. Se sentía liberado. Había recuperado a Teddie y no había pensado en el trabajo durante días. Sí, había abierto el correo electrónico una vez por la mañana y otra por la noche, pero el proyecto en el que había estado años trabajando ya no le parecía tan importante como la mujer que estaba sentada a su lado y su hijo.

¿Qué podía compararse con llegar a conocer a George y compartir cama con Teddie?

Miró sus manos entrelazadas. No se trataba solo de sexo. Quería oírla reír, hacerla reír. Quería escuchar su voz traviesa cuando fingía ser la jirafa solitaria del cuento favorito de George.

Cuatro años atrás siempre tenía la impresión de que ella se resguardaba, y dio por hecho erróneamente que se debía a que no estaba comprometida con él. Pero ahora le había admitido la verdad sobre el pasado, se había ganado su confianza. Y eso era un afrodisíaco más potente que cualquier acto sexual.

Teddie se apoyó contra él.

—No me puedo creer que esto esté pasando.

Era cierto. Que Aristo fuera a estar allí en la gala era una conmovedora señal de su compromiso con ella y con su carrera profesional. Otra razón más para desvelar la profundidad de sus sentimientos.

Pero en aquel momento tenía que concentrarse en su próximo espectáculo. Nunca le entraba pánico escénico la noche del estreno, pero los días anteriores a una actuación se ponía muy nerviosa. Y no había tocado un mazo de cartas desde hacía casi dos semanas.

Por suerte, se había llevado un par de barajas, así que dejó a George y a Aristo construyendo un elaborado castillo de arena en la playa y regresó a la villa para ensayar su habitual repertorio de trucos. Había necesitado cinco años para perfeccionar algunos de ellos.

Como de costumbre, perdió la noción del tiempo y, cuando escuchó el sonido de la motora de Dinos, que regresaba de su trayecto habitual al mercado, se dio cuenta de que llevaba mucho rato practicando. Guardó las cartas y corrió hacia la playa.

–Lo siento –dijo casi sin aliento–, no me he dado cuenta de lo tarde que era.

–¡Mira lo que hemos hecho, mamá!

George agarró a Teddie de la mano y la llevó hacia donde estaba Aristo, sonriendo al lado de un gigantesco castillo de arena.

–¡Vaya, es increíble! Creo que es el mejor castillo de arena que he visto en mi vida. ¿Por qué no le hacemos una foto?

Aristo sacó el teléfono y dio un paso atrás sonriendo. Se llevó la mano a los ojos para protegerse del sol y en aquel momento vibró el móvil.

–Un momento –frunció el ceño mirando la pantalla–. Tengo que contestar esta llamada.

Teddie observó confusa cómo se llevaba el móvil a la oreja.

–¿Qué? –exclamó él con tono tenso–. ¿Puedes explicarme cómo ha podido pasar esto? –empezó a caminar sin mirar atrás.

–Mamá, ¿dónde va papá? –preguntó George mirando a su padre con incertidumbre.

–Está hablando con alguien, pero enseguida viene –se apresuró a decir ella.

Pero, cinco minutos más tarde, Aristo seguía hablando.

Teddie trató de distraer a su hijo mientras miraba a

Aristo por el rabillo del ojo. Seguía hablando y dando vueltas en círculo.

Estaba claro que se trataba de una llamada de trabajo, a juzgar por la frustración de su tono de voz había algún problema... pero ¿en realidad era tan urgente?

Tras otros cinco minutos, Teddie se llevó a un reacio George de regreso a la villa con la promesa de que su padre no olvidaría hacerle una foto al castillo de arena.

Miró a la playa desde el ventanal del salón y sintió cómo empezaba a surgirle la frustración. Pero Aristo era el director de una empresa multinacional y no podía reprocharle una llamada de teléfono por muy larga que fuera. Ella tenía la suerte de que Elliot se encargara de cualquier potencial problema laboral que pudiera surgir.

Aristo seguía dando vueltas por la arena. Estaba claro que no se trataba de una conversación alegre, pero seguramente una buena taza de café ayudaría a mejorar su humor.

Teddie estaba a punto de dirigirse a la cocina cuando lo vio volver de la playa a toda prisa con el teléfono todavía pegado al oído.

–Estoy de acuerdo. No veo otra solución. De acuerdo. Gracias, Mike. Hablaremos en el vuelo.

Aristo pasó por delante de ella, entró en la habitación y arrojó el móvil a uno de los sofás. Tenía la mandíbula apretada y el rostro tenso. A Teddie empezó a latirle el corazón con fuerza y se quedó allí en silencio, sintiéndose invisible y paralizada.

–¿Va todo bien?

Él se giró y la miró como si no la reconociera. Luego frunció el ceño y sacudió la cabeza.

–No, no va todo bien –entornó los ojos y se pasó la mano por el pelo–. Pero es culpa mía. Esto es lo que pasa cuando desaparezco.

–¿Qué ha ocurrido?

El aire que los rodeaba parecía cargado de tensión.

–Hay un problema en Dubái. Por alguna razón incomprensible han estado utilizando botellas de un solo uso y necesito que las reemplacen.

¿Y eso era todo? Teddie sintió una oleada de alivio.

–Está claro que se trata de un error. Lo único que tienes que hacer es que alguien las reemplace, ¿no?

Aristo la miró con impaciencia.

–No se trata solo de reemplazar unas botellas, Teddie. Se supone que los hoteles y resorts Leonidas son respetuosos con el medio ambiente. Si esto sale a la luz va a parecer que quiero lavar la imagen de mi empresa, y no puedo tener una publicidad así, y menos cuando estoy a punto de salir a bolsa.

Aristo se miró el bañador y torció el gesto.

–Tengo que cambiarme –murmuró girándose y dirigiéndose con determinación a las escaleras.

«¿Cambiarse?». Teddie lo siguió sintiéndose algo mareada.

–¿Vamos a alguna parte?

Aristo se detuvo con un pie en el primer escalón y se giró hacia ella.

–No, voy a ir yo solo –aseguró él.

Teddie tuvo una sensación de *déjà-vu*, de verse una vez más postergada por «otros asuntos».

–Mira, esto solo me llevará un par de días –dijo Aristo con tono calmado–. Melina y Dinos cuidarán de vosotros mientras yo no esté.

Teddie sintió que sus palabras le dejaban el corazón sin sangre que bombear.

–¿Qué? ¿Vas a ir a Dubái? –sintió de pronto las piernas débiles y se agarró a la barandilla de la escalera–. ¿Ahora? ¿No puedes mandar a otra persona?

Aristo percibió la confusión de su mirada, la decepción en los puños apretados, y le dolió saber que él era la causa, pero no podía arriesgarse a encargarle aquello a nadie más.

–Por supuesto que no. Tengo que estar allí. Necesito hablar con el equipo, y si se ha filtrado algo tendré que hablar con la prensa. En caso contrario parecerá que no cumplo las promesas que he hecho.

–¿Promesas?

Teddie se agarró con más fuerza a la barandilla. Sentía un profundo dolor dentro del pecho, frío, oscuro y pesado que se extendía como una mancha de tinta.

–¿Y qué pasa con las promesas que me has hecho a mí? –se escuchó decir.

Aristo no parpadeó.

–Esto es importante, Teddie. Si no fuera así…

Ella lo atajó.

–Dijiste que yo era importante para ti –afirmó con rotundidad–. Me prometiste que esta vez las cosas estarían bien entre nosotros. Me prometiste que estarías en la inauguración del Castine.

Aristo frunció el ceño.

–Y estaré…

–¿Cómo? –volvió a interrumpirlo ella–. La inauguración es el sábado, ¿lo habías olvidado? O tal vez es que simplemente no te importa.

Él no dijo nada y Teddie sintió un frío helador en las extremidades.

Aristo se la quedó mirando en silencio. Sus acusaciones le dolían, para empezar porque no podía negarlas. No se había olvidado de su espectáculo, pero había rebajado su importancia… obviamente, ¿cómo iba a ser de otra manera? Habría más espectáculos, pero si él no iba a Dubái lo ponía todo en peligro.

–Por supuesto que me importa. Por eso voy a Dubái –sintió que se le ponía rígida la cara por la tensión–. Mira, no quiero dejarte aquí, pero…

–¡Pues no lo hagas! –los ojos verdes de Teddie echaban chispas–. Quédate con nosotros… dijiste que eso era lo que querías.

Aristo se la quedó mirando, la conversación lo tenía atrapado como una ola, arrastrándolo y alejándolo al mismo tiempo.

No quería dejar a Teddie, pero tampoco podían quedarse allí para siempre, y lo que estaba ocurriendo en aquel momento era un recordatorio de lo que estaba en juego en el mundo real… lo que se arriesgaba a perder. Teddie le había dicho que no le importaban el dinero ni el estatus y la creía, pero ahora que había accedido a casarse con él estaba decidido a que esa vez fuera perfecto. Y si las cosas se le iban de las manos en Dubái eso no sucedería.

La miró y se dio cuenta de que tenía los ojos demasiado brillantes, pero Aristo dejó que la rabia bloqueara la tristeza que sentía en la garganta. No había planeado nada de aquello y no le quedaba más opción que arreglarlo en persona. ¿Por qué se lo ponía ella tan difícil? ¿No podría brindarle solo por una vez su apoyo incondicional?

Le tomó ambas manos y la atrajo hacia sí.

–Por supuesto que me importa –repitió–. Mira, solo es un espectáculo. Y no iría a Dubái si hubiera otra opción. Pero no puedo arriesgarme al daño que esto le causaría a mi reputación.

Mantener su negocio en alza era su prioridad en su papel como esposo y padre.

Teddie tragó saliva para pasar el nudo que se le había formado en la garganta.

No reconocía al hombre que tenía delante. ¿Era el mismo que se había pasado horas construyendo un castillo de arena con su hijo? Le miró las manos y sintió que se le encogía el corazón. Podía sentir el pulso latiéndole frenéticamente, y de pronto lo entendió.

Eso no se trataba del problema de Dubái ni la reputación de su empresa, aquello tenía que ver con una infancia tratando de ganarse el amor de su madre. Y ahora estaba intentando hacer lo mismo con ella y con George. Ganarse su amor.

Por eso el trabajo le importaba tanto. Pero ¿qué pasaría si supiera que ya era querido? Incondicionalmente. Ahora y para siempre. Tal vez aquello aquietara la urgencia que había en él.

–No quiero que te vayas –dijo con dulzura mirándolo a los ojos y esbozando una sonrisa temblorosa–. Y no tienes por qué irte. Aunque la empresa se hundiera eso no cambiaría lo que siento por ti, ni lo que siente George.

Se aclaró la garganta.

–Te amo, Aristo.

Hubo un silencio.

Los ojos oscuros de Aristo descansaron en su rostro y luego se llevó las manos de Teddie a los labios y se las besó suavemente.

–No puedo hacer esto ahora.

Su voz sonó cariñosa, calmada, como si tuviera miedo de romper algo.

Ella se lo quedó mirando fijamente. Nunca le había dicho a nadie antes que lo amaba… ni siquiera a él. Otras frases de amor tal vez, pero no aquellas tres palabras en concreto. Y, sin embargo, sabía que la respuesta correcta no era «No puedo hacer esto ahora».

–¿Eso es todo lo que vas a decir? –preguntó temblando–. Acabo de decirte que te amo…

–No puedo, Teddie –Aristo le soltó las manos.

Ella sentía el pecho tirante y una sensación de profunda tristeza al darse cuenta de que lo que Aristo temía era romperla a ella.

Abrió la boca para hablar, pero no le salió ninguna palabra. Antes pensaba que sabía lo que era tener el corazón roto, pero ahora le daba la sensación de haber estado equivocada.

–Lo siento –murmuró él con tensión–. Tengo que ir a cambiarme. Podremos hablar tranquilamente cuando…

Teddie sentía el cuerpo entumecido y tuvo que hacer un esfuerzo para sacudir la cabeza.

–No hay nada de que hablar.

¿Qué había que decir? ¿Que se había enamorado estúpidamente de un hombre que veía el matrimonio como un medio para alcanzar un fin? No iba a intentar negar la química sexual que había entre ellos, pero todo el mundo sabía que la pasión terminaba por consumirse. Y si ella no hubiera sido la madre del heredero del imperio Leonidas, su relación habría terminado sin duda cuando hubieran satisfecho el ansia que tenían el uno del otro.

Aristo frunció el ceño.

–Hablaremos cuando vuelva. Si no quieres quedarte aquí, ve al apartamento. Lo arreglaré todo.

–No hace falta –Teddie estaba intentando mantener la calma. Aquello no iba a convertirse en un intercambio de insultos. Al menos aquel viaje sería un recuerdo feliz para George–. No vamos a mudarnos al apartamento. No voy a casarme contigo, Aristo.

Él entornó la mirada. Teddie podía sentir su frustración.

–¿Porque me voy a Dubái? ¿No crees que estás exagerando un poco?

Fue como si el tiempo volviera cuatro años atrás, y de pronto se vio de nuevo en el dormitorio del apartamento de Nueva York, cuando Aristo le dijo que se iba a otro viaje de negocios.

Sacudió la cabeza.

–No. Esto no es porque te vayas a Dubái, se trata de ser sinceros. ¿O eso también lo has olvidado?

Aristo no respondió, pero apretó las mandíbulas con fuerza.

–He sido sincero. Yo no planeé este lío y no puedo delegarlo en otra persona.

Estaba muy serio y muy guapo, y Teddie lo amaba muchísimo, pero no era suficiente para que mirara para otro lado como había hecho su madre. Sabía que Aristo estaba diciendo la verdad, pero se trataba de verdades pequeñas e insustanciales. Necesitaba seguridad en su vida y en la de George, del tipo emocional, no económico, y no iban a obtener nada evitando las verdades desagradables.

Aspiró con fuerza el aire.

–Dime la verdad. ¿Me habrías pedido que me casara contigo si no tuviéramos a George?

Aristo apartó la mirada y aquel gesto le hizo saber a Teddie que todo había terminado.

Su expresión no cambió.

—Deberías ir a cambiarte, y luego tenemos que decirle a George que te vas.

Ella intentó que la mirara sin decirle nada, pero, tras un instante, Aristo se dio la vuelta y empezó a subir las escaleras.

Capítulo 10

TEDDIE aspiró con fuerza el aire, cerró la puerta del vestidor y miró su reflejo en el espejo.

Era la primera vez que había sido capaz de mirarse desde que volvió de Grecia. Hasta ahora había estado atrapada en la tristeza y en la desesperación para enfrentarse a la prueba de los ojos rojos de su fracaso, pero aquella noche no tenía elección.

Aquella noche era la inauguración del Castine y ella iba a estar en el escenario frente a cincuenta invitados personales de Edward Claiborne. Llegar a aquel momento había resultado brutal, y nunca había experimentado un dolor mayor. Pero aquella noche era su noche, suya y de Elliot, y no iba a decepcionar a ninguno de los dos.

Se dio la vuelta despacio y se miró. Llevaba puesto un mono negro ajustado con top de encaje y manga larga.

Se giró sobre los altos tacones y se llevó una mano al vientre para calmar los nervios. Era un mono muy bonito y muy caro, pero ahora iba a ganar dinero y durante los últimos días había sido inusitadamente temeraria en sus gastos. Le había comprado a Elliot un esmoquin como agradecimiento por ocuparse del negocio, y también había colmado a George de regalos.

Sintió un nudo en la garganta. No para darle las gracias, sino para decirle que lo sentía. Por haberle dado a su egoísta padre una segunda oportunidad.

Le temblaron los labios. Podría perdonarse por haber caído en sus brazos. Le había resultado inevitable teniendo en cuenta la tensión sexual que había entre ellos. Pero no tenía excusa para haber vuelto a enamorarse de él.

Dejó caer la mano sin dejar de mirar su reflejo.

Lo único bueno era que gracias a haber conservado un mínimo de sentido común no le había dicho a George que Aristo y ella se iban a casar. Pero aun así tuvo que explicarle a su cansado y confundido hijo por qué no iban a ir al apartamento de papá.

Le dio un vuelco el estómago al recordar el viaje de vuelta de Grecia. George lloraba sin parar, y aunque ya se había tranquilizado no había vuelto a dormir en su cama solo desde que volvieron y parecía más callado de lo habitual. Por suerte, le tenía mucho cariño a su canguro, Judith, así que al menos aquella noche no tendría que preocuparse por él.

Oyó el timbre de la puerta y se quedó paralizada con el corazón latiéndole con fuerza contra las costillas. Pero, por supuesto, fue la voz de Elliot la que se filtró en el apartamento.

−¿Teddie?

Ella contuvo el aliento.

−Enseguida estoy −gritó sintiéndose culpable y estúpida por desear que fuera Aristo quien la esperara en el salón en lugar de su buen y fiel amigo.

Culpable porque Elliot no se lo merecía y estúpida porque no tenía motivos para creer que volvería a ver a Aristo teniendo en cuenta que no le había mandado ni un mensaje.

Le temblaron los labios y sintió la amenaza de las

lágrimas. Agarró el bolso y cruzó rápidamente el dormitorio. Se había prometido que aquella noche no lloraría ni una lágrima más por Aristotle Leonidas hasta que hubiera terminado el espectáculo.

–¿Estás bien, cariño?

Edward Claiborne había enviado una limusina a recogerlos, y al mirar al otro lado de su lujoso interior, Teddie vio que el rostro de Elliot tenía una expresión preocupada.

–Lo estaré –asintió dedicándole una media sonrisa–. Y esta noche me va a ayudar. Ya sabes que al estar ahí arriba me olvido de todo menos de las cartas.

La limusina estaba ralentizando la velocidad y Teddie vio al portero dar un paso adelante para recibir el coche. Se le aceleró el pulso. Habían llegado.

–¿Preparada? –Elliot la miró a los ojos y le tendió la mano.

Ella asintió y le tomó la mano mientras la puerta se abría.

El Castine era el lugar perfecto para un espectáculo de magia. Estaba situado en una calle lateral lejos del bullicio de la ciudad. En la primera planta había un bar y un restaurante, y en la segunda una sala en tono plateado que a pesar del tamaño que tenía ofrecía al mismo tiempo intimidad y lujo.

Teddie podía oír a la gente hablando y el entrechocar de copas bajo el latido de su corazón, y cuando se colocó bajo los focos supo que todos los ojos estaban puestos en ella.

Pero no eran los ojos de Aristo.

Y a pesar de saber que no tenía sentido no pudo evitar inspeccionar rápidamente la primera fila, incapaz de acallar la pequeña esperanza de que él estuviera allí.

Y, por supuesto, no estaba.

Pero era un público muy agradecido, y no solo porque los camareros circulaban discretamente ofreciendo benjamines de champán francés, sino porque estaba claro que, al igual que el anfitrión, apreciaban la magia, y cuando le llegó el aplauso final pudo por fin admitir lo que llevaba tiempo negando con fuerza. Echaba de menos a Aristo. Lo echaba tanto de menos que las palabras no bastaban para describir la sensación de pérdida, de soledad, el dolor de su ausencia.

—Ha sido maravilloso, Teddie —Edward Claiborne fue el primero en felicitarla—. Creo sinceramente que eres un genio, ¿no te parece, Elliot? He visto muchos magos con talento en mi vida, pero contigo me resultaba imposible separar la técnica de la actuación. Cuando haces un truco sé que algo está pasando, pero no puedo verlo.

—Bueno, está encantado —dijo Elliot en voz baja mientras le veían saludar a una actriz famosa—. Y tiene muchos contactos —sonrió—. Allá vamos, Hollywood.

Teddie se rio sin ganas y se dirigió hacia el camerino. En cierto sentido la noche había sido un éxito, pero un éxito agridulce porque sabía que ni todos los aplausos ni toda la admiración del mundo la harían sentirse tan completa como cuando estaba en brazos de Aristo.

Pero no tenía sentido pensar en aquello ahora. Se suponía que aquella era su noche. Aspiró con fuerza el aire y entró en el camerino.

Y se quedó paralizada.

Aristo estaba sentado en una silla con la cabeza

inclinada y lo que parecía un teléfono entre las manos. Teddie dio un paso atrás y se agarró al marco de la puerta para no perder el equilibrio.

—Aristo —murmuró mirándole a los ojos.

Llevaba un traje de chaqueta negro y fue un shock verlo vestido tan formal, pero por supuesto aquello era la vida real, y eso significaba trabajo. Se le encogió el estómago, pero hizo un esfuerzo para sostenerle la mirada.

—Hola, Teddie.

—¿Qué haces aquí? —se cruzó automáticamente de brazos.

—He venido a ver el espectáculo —dijo él en voz baja—. Te dije que no me lo perdería por nada del mundo.

A Teddie le dio un vuelco el corazón dentro del pecho.

—Sí te lo has perdido. Acaba de terminar. Pero da igual. Tenías que solucionar una crisis en Dubái.

Aristo sacudió la cabeza.

—No había ninguna crisis en Dubái —curvó los labios—. Pero tuve que ir hasta allí para darme cuenta. En cuanto lo supe regresé a Nueva York.

Se pasó la mano por la cara y Teddie fue consciente de que aunque iba vestido de traje no parecía el hombre de negocios que la había dejado en la isla. Tenía la camisa arrugada y parecía más pálido de lo habitual. Lo que sostenía entre las manos no era el móvil, sino el pasaporte.

Seguramente había llegado directamente del aeropuerto y debía de estar agotado. Pero al recordar cómo le había soltado las manos cuando le dijo que le amaba apartó de sí cualquier pensamiento de compasión.

–Bueno, siento que hayas malgastado el viaje –afirmó con sequedad–. Los dos viajes.

–Teddie, por favor…

–No, Aristo, no quiero hacer esto –sacudió la cabeza. Le temblaba todo el cuerpo–. Si quieres ver a George, habla con mi abogada.

–No quiero hablar con tu abogada. Quiero hablar contigo.

Aristo dio un paso adelante.

–Te hice una promesa. Dije que estaría aquí y he estado. No en la primera fila, he llegado un poco tarde para eso. Pero he estado atrás todo el rato. No debería haberme ido. Sé que cometí un error, pero… –hizo una pausa y frunció el ceño–. Pero, cuando me dijiste que me amabas, entré en pánico.

La elección de palabras fue como una bofetada para Teddie. No podía dejar más claro que sus sentimientos no eran correspondidos. El corazón le pesaba dentro del pecho y de pronto se sintió muy cansada.

–No necesito escuchar esto, Aristo –afirmó–. Solo quiero irme a casa.

Él negó con la cabeza.

–No te puedes ir hasta que hayas entendido esto –Aristo trató de sostenerle los brazos, pero ella se zafó.

–Lo entiendo. No me amas y solo quieres casarte conmigo por George. Y ahora quiero irme a mi casa.

–Tu casa es donde estoy yo, Teddie. Y no solo por George –Aristo le tomó el rostro entre las manos y esa vez ella no se apartó–. Mírame. Tal vez eso fuera verdad al principio, pero ya no. George es nuestro hijo, pero no es la razón por la que quiero casarme contigo. Quiero que seas mi mujer porque te amo.

–Si amas a alguien, no entras en pánico si esa persona te dice que siente lo mismo –afirmó ella con obcecación.

Aristo negó con la cabeza.

–No es verdad. Te amo, Teddie. Y me entró pánico. Cuando pronunciaste aquellas palabras ya no pude pensar con claridad. Solo sabía que no podía permitir que nada malo le pasara a mi empresa. Sé que no lo entiendes, pero me he pasado la vida buscando la perfección, primero en el colegio y luego en el trabajo. Y cada vez que alcanzaba mi objetivo me fijaba uno nuevo.

Aristo frunció el ceño y luego continuó.

–Cuando me dijiste que me amabas, no podía limitarme a repetirte las mismas palabras. Quería demostrarte cuánto te amo, y pensé que eso significaba arreglar las cosas en Dubái, que, si no podía solucionarlo, entonces no te merecía. Pero en cuanto llegué me di cuenta de que no estaba arreglando algo, solo rompiéndonos a nosotros, y por eso volví a Nueva York.

Se le quebró la voz ligeramente.

–Porque no puedo volver a perderte, Teddie. La empresa, mi carrera… nada de eso me importa si no estamos juntos. Lo único que quiero es estar contigo –se detuvo y clavó sus oscuros ojos en ella–. ¿Quieres volver conmigo?

A Teddie le latía con fuerza el corazón en el pecho, pero el amor que sentía por él era sólido.

–Sí –dijo suavemente. Y al mirar en su rostro vio esperanza y amor brillándole en los ojos.

Aristo la atrajo hacia sí y hundió el rostro en su pelo.

–Tenía tanto miedo de haberlo estropeado todo, de perderte…

–No puedes perderme. Eres mi marido, mi corazón

–alzó el rostro para mirarle y sonrió tímidamente mientras los ojos se le llenaban de lágrimas–. Te amo.

–Yo también te amo –Aristo inclinó la cabeza y la besó con dulzura–. Más de lo que nunca creí que podría amar a nadie. Y las cosas van a ir bien entre nosotros.

Teddie le acarició la mejilla.

–¿Lo prometes?

–Oh, sí –murmuró Aristo.

Y ella lo creyó porque vio la certeza y el amor que sentía reflejados en sus ojos cuando inclinó la cabeza para volver a besarla.

Epílogo

A PESAR de que la predicción meteorológica anunciaba lluvia, las nubes se vaciaron desde el cielo justo antes de que la limusina girara por Broad Street. Teddie alzó la vista para mirar el sol y luego el diamante que llevaba en el dedo corazón. Sonrió.

–¿Te gusta?

Miró a Aristo y asintió despacio. El anillo era un regalo sorpresa por sus seis meses de casados. Felizmente casados.

Cualquier miedo que Teddie hubiera podido tener de que la historia se repitiera había quedado olvidado. Aristo había sido fiel a su palabra, asegurándose de que los errores del pasado se quedaran en el pasado.

–Me encanta –Teddie le acarició la mejilla–. ¿Me vas a regalar un anillo cada seis meses?

Aristo se rio y luego se puso muy serio.

–Sé que no es un aniversario oficial, pero quería regalarte algo porque la última vez… ya sabes.

–Lo sé –Teddie lo besó en los labios para acallar sus palabras.

Su compromiso había durado un año, y ambos habían disfrutado de la espera. Discutían y se reían mucho. Y finalmente celebraron una ceremonia íntima con amigos y compañeros. Elliot fue el padrino de Teddie y George hizo de paje, muy serio y solemne.

Ahora habían pasado seis meses y nunca se habían sentido tan unidos.

—Te amo —dijo ella con dulzura.

Aristo le pasó un brazo por la cintura y la atrajo más hacia sí.

—Yo también te amo —afirmó sin pestañear—. Sé que los últimos tiempos han sido complicados, pero eso terminará hoy.

—Todo está bien. Lo entiendo.

Tras meses y meses de intensa preparación, Aristo iba a sacar por fin su empresa a bolsa en Nueva York. Había trabajado durante largas horas y ella sabía que estaba intentando tranquilizarla ahora, pero era algo que ya no necesitaba.

Los recuerdos infelices de su primer matrimonio solo eran recuerdos.

Le apretó la mano.

—Y hoy va a estar todo mejor que bien —al sentir que la limusina desaceleraba lo besó apasionadamente con los ojos llenos de amor—. Estoy muy orgullosa de ti, Aristo.

Aristo la miró fijamente con el corazón acelerado.

La limusina se había detenido. Si miraba por la ventanilla podía ver el edificio de la bolsa de Nueva York. Se giró para mirar a la mujer que le había cambiado la vida con su amor.

—Han sido meses duros. He pensado que necesitábamos tiempo en familia, así que lo he arreglado todo para que pasemos una semana en la isla —le miró los labios—. Cuando termine este acto pasaremos a recoger a George de camino. Pero cuando estemos allí buscaremos tiempo para celebrarlo… íntimamente.

La oscura mirada de su marido dejó a Teddie sin aliento.

–Me gusta cómo suena eso –murmuró–. Y tenemos muchas cosas que celebrar. Y no me refiero solo a los negocios.

Teddie se acercó más a él con los ojos clavados en su hermoso rostro porque quería ver su reacción. Aristo parecía desconcertado. Le tomó la mano y se la puso en el vientre.

–Vamos a tener un bebé.

Él no dijo nada durante un instante. Ninguno de los dos pudo, la emoción era demasiado intensa, demasiado cruda. Pero daba igual. Teddie podía ver todo lo que sentía en su corazón, todo lo que necesitaba ver le brillaba en los ojos cuando la atrajo hacia sí y la besó apasionadamente.

DESEO

Hicieron el amor toda la noche sin ataduras,
pero ¿les vencería la pasión?

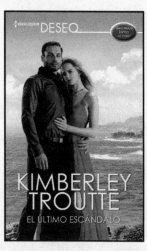

El último escándalo
KIMBERLEY TROUTTE

Chloe Harper tenía que convencer a Nicolas Medeiros, leyenda
de la música pop brasileña y destacado productor musical, de
que eligiera el *resort* de su familia para grabar allí su programa.
Una noche con su ídolo de juventud la había arrastrado a un
romance apasionado al que ninguno estaba dispuesto a renunciar. Pero los secretos familiares amenazaban con exponer su
pasión a una realidad que podía distanciarlos.

Bianca

¿Podrían ella y el hijo que esperaba ser la clave de su redención?

REDIMIDOS POR EL AMOR

Kate Hewitt

La finca en una isla griega del magnate Alex Santos, que tenía el rostro gravemente desfigurado, era una fortaleza que protegía a los de fuera de la oscuridad que había en el interior de él. Cuando necesitó una esposa para asegurar sus negocios, la discreta y compasiva Milly, su ama de llaves, accedió a su proposición matrimonial. Pero la noche de bodas provocó un fuego inesperado, cuyas consecuencias obligaron a Alex a enfrentarse a su doloroso pasado.